Primera edición: mayo de 2025
© Copyright de la obra: Miguel Quemada
© Copyright de la edición: Grupo Editorial Angels Fortune

Edición a cargo de Mª Isabel Montes Ramírez
Código ISBN: 979-13-990030-2-4
Código ISBN digital: 979-13-990030-3-1
Depósito legal: B 6150-2025
Corrección: Juan Carlos Martín
Diseño y maquetación: Cristina Lamata
Fotografía de portada: Quimera representada en un plato de la Apulia
(Italia) del S. IV a.c. Colección Campana, Museo del Louvre, París.
Fotografía adquirida por Miguel Quemada.

©Grupo Editorial Angels Fortune
www.angelsfortuneditions.com
info@angelsfortune.com

Barcelona (España)

QUIMERA

El viaje esperanzador
de un paciente trasplantado

Miguel Quemada

A Cécile.

Índice

I

Prólogo

La conclusión era inapelable, si quería seguir con vida tendría que convertirme en una quimera. Me realizarían pruebas periódicas de quimerismo para asegurar la estabilidad del nuevo estado. Dubitativo, firmé el consentimiento, a pesar de estar advertido de que tendría que pasar por una dolorosa transformación.

Abandoné el despacho con paso incierto y mente intrigada. Tras darle muchas vueltas consulté en un diccionario el significado de la palabra «quimera» para averiguar cuál era el futuro que me esperaba. Llama la atención las acepciones tan diferentes que tiene, no todas las quimeras son iguales y cada una representa algo diferente.

Es un monstruo mitológico de orígenes muy antiguos, compuesto de la unión de varios animales. El mito clásico es un león al que le brota una cabeza de cabra en el lomo y otra de serpiente en la cola. Escupe fuego, y sus representaciones no muestran un animal hermoso o atractivo, sino más bien un monstruo terrible y poco simpático, que arrasa la superficie terrestre cada vez que asciende desde su morada, en las entrañas de la tierra.

Las quimeras son también un producto de la imaginación. Pasiones que se anhelan o se persiguen, aunque no sean posibles. Siendo benévolos, podemos pensar que tienen un fondo positivo, ya que la mayoría de las quimeras son ensoñaciones de juventud que perseguimos de forma ingenua o bienintencionada, aunque no puedan hacerse realidad. En la misma palabra prevalece una connotación negativa. Al ser ilusiones inalcanzables pueden llevar a la frustración o al desprecio de metas más realistas que son abandonadas, alejando a quien busca las quimeras de un análisis racional de la existencia.

En biología la quimera es un ser vivo que resulta de la unión de células genéticamente distintas y procedentes de diferentes organismos. Antes eran inviables en los animales superiores, actualmente la medicina ha conseguido desarrollarlas mediante trasplantes y mantenerlas con vida a través de tratamientos. Una persona a la que se le ha trasplantado un órgano se convierte en una «quimera humana», ya que su organismo está compuesto por células de composición genética diferente. Será una quimera hasta el final de su vida y, aunque surjan rechazos entre el cuerpo receptor y el órgano donado, pueden ser controlados médicamente para asegurar su convivencia.

Dentro de ese quimerismo hay un caso muy particular; el derivado de los trasplantes de médula ósea. Se llevan a cabo para curar enfermedades asociadas con la sangre o el sistema linfático. Al paciente se le mata su médula ósea disfuncional y se le injertan las células madre del donante, que darán lugar a una nueva médula. Esta arraiga en los huesos y comienza a producir una sangre que sustituye a la original, extendiéndose por todo el organismo. El paciente cambia de grupo sanguíneo y adquiere el del donante, convirtiéndose así en una quimera en la que conviven células con ambas composiciones genéticas. Se trata de un auténtico renacer, al que se llega después de un tratamiento traumático. El sentimiento de volver a nacer se refuerza durante la fase de recuperación, cuando, perdida la memoria del sistema inmune, es necesario repetir la vacunación infantil.

En mi caso, la donante fue mi hermana, por lo que la quimera en la que acepté convertirme da cobijo a mi nueva médula de composición cromosómica XX, y al resto de mis células, que son XY. La sangre generada por mi nueva médula también es XX, las pruebas periódicas de quimerismo que me realizan consisten en comprobar que mi sangre es femenina. Mientras que lo sea, el trasplante es estable, en el momento en el que aparezcan células masculinas, ingreso inmediato en el hospital.

Me enorgullece poder afirmar que ahora «llevo el feminismo en las venas». Sin embargo, esa idea de la «bestia quimérica» que representa la destrucción y las arcanas profundidades, me impone respeto y me resulta aterradora. Por eso escribo este libro, para poder descubrir en quién me he convertido y dar un sentido a esa quimera monstruosa que, a la vez, puede ser la ilusión de los sueños de juventud.

El robo de las perlas negras

Todo empezó con una llamada. Era sábado por la tarde y habían desaparecido unas joyas de la lujosa casa de una respetable familia madrileña. La noche anterior se había celebrado una cena con seis comensales acompañando a los señores de la casa. Al igual que en otras ocasiones, después de cenar, los invitados pasaron al salón, donde tomaron una copa rodeados de algunas de las mejores obras de arte que poseía la familia.

Al fondo de la estancia, ocupando toda la pared, colgaba un excelente cuadro de Tàpies; en los muros laterales, destacaban sendos grabados de Picasso y Miró, y, sobre un pilar separando las ventanas, dos pequeñas tablas al óleo flamencas, exquisitas, del Renacimiento temprano. En una de las esquinas, una urna de cristal albergaba una decena de perlas negras, grandes y lisas, que, colocadas sobre un cojín de terciopelo verde, podrían pasar inadvertidas en una primera visita. Había otras muchas joyas de orfebrería expuestas sobre los anaqueles que rodeaban la habitación, pero las que habían sido robadas, después de romper la urna, eran las perlas negras.

Entre los invitados había estado el hijo de los propietarios acompañado de su nueva novia, una estadounidense de sonrisa calmada y mirada inteligente. Se habían conocido en una fiesta de la empresa americana en la que estaba trabajando y en la que ella realizaba una estancia profesional. Lo que al principio parecía un romance que iba a ser cosa de un par de semanas se había alargado ya más de seis meses, por lo que se animó a presentársela a sus padres. Ella era muy atractiva, alta como su novio y de complexión atlética, tenía un aire decidido que parecía querer esconder. Neoyorquina de origen, hablaba un español gramaticalmente perfecto con un ligero acento anglosajón, casi imperceptible.

Otro de los comensales era un empresario colombiano acompañado por su esposa, muy guapa y de la misma nacionalidad. Se dedicaba al comercio marítimo, aunque no podría concretar mucho más sobre su trabajo, pese a que me proporcionó una descripción bastante detallada de lo que hacía. En resumen, se trataba de negocios de compraventa de mercancías variadas, y él se encargaba de mercadear con los barcos y los contenedores que transportaban. Un trabajo complejo y muy expuesto a las condiciones geopolíticas, según me explicó, que requería su dedicación plena, así como la de sus empleados y los colaboradores que tenía en una oficina suiza. Viajaba mucho, entre América y Europa sobre todo, por lo que había adquirido recientemente un piso en el barrio de Salamanca para tener un anclaje en Madrid. Utilizaba abundantes términos marineros en su vocabulario –«base de operaciones», «puertos de destino», «tripulación»– y, si alguna vez se le escapaba alguna palabra de la jerga propia de otros negocios como «trapichear» o «especular», se corregía inmediatamente sin darle ninguna importancia. Tenía planificado volar a Bogotá la noche del domingo, pero lo había aplazado a la semana siguiente, a petición de los policías encargados del caso.

Completaban la mesa un matrimonio de hombres en la cincuentena, bien conservados y de aspecto elegante. Eran amigos de los anfitriones desde hacía muchos años. Uno de ellos, el más joven de aspecto, trabajaba en el mundo de la moda, mientras que el otro, que lucía unas uñas impolutas, trabajaba en el mercado del arte. Poseían una galería cerca de Alonso Martínez, descendiendo hacia Chueca, en la que exponían obras de artistas contemporáneos nacionales e internacionales. El mayor iba vestido elegante, informal y se notaba que cuidaba mucho su aspecto físico. Era el que llevaba la voz cantante en la pareja, y me contó que los clientes que adquirían arte provenían sobre todo del barrio de Salamanca y de las casas particulares de las urbanizaciones residenciales del entorno de Madrid, como esta de La Moraleja, con cuyos dueños tenían relación desde hacía muchos años. La información sobre los clientes era estrictamente confidencial, solo podía decirme que vendían arte plástico, pintura y escultura principalmente. También distintos tipos de diseño y combinaciones que quedaban en una zona que podría calificarse como «indefinida». Su pareja tenía cara de niño, hablaba poco y sonreía mucho. La primera vez que los entrevisté entraron juntos a mi despacho, y tuve que insistir en que quería hablar con ellos por separado.

De hecho, tras las pesquisas de la policía, me permitieron entrevistar a cada uno de los comensales. Obtuve declaraciones de todos ellos en los días posteriores al robo y, para bien o para mal, ya aparecieron algunas contradicciones en las que no me voy a entretener. Esa noche solo habían dormido en la casa los propietarios, casi todos los demás habían abandonado la vivienda cerca de las doce horas; un poco más tarde el hijo y su novia, que se habían quedado una media hora más hablando con los padres.

Las perlas las vi en una fotografía tomada en la misma peana donde habían estado expuestas hasta el momento del robo. Aunque grandes para su especie, eran fáciles de atrapar en un puño y esconderlas juntas o por separado para llevárselas. En el lugar del hurto quedaban restos de la urna de vidrio protectora, que habían roto con algún elemento punzante. Un butrón irregular permitía el paso de la mano a través del cristal y dejaba pocas dudas sobre el método empleado. Quien lo había hecho no parecía ser un profesional, no obstante, era cuidadoso, y con la destreza suficiente. Quedaban restos de una masilla colocada para controlar la rotura del vidrio, que había sido bastante regular, excepto en la zona más cercana al salón, donde aparecían algunas imperfecciones en el agujero. No había dejado ninguna huella dactilar ni restos de los útiles empleados, únicamente un desliz que podría ser la perdición del ladrón; una de las astillas de cristal le había arañado superficialmente, dejando un pequeño resto de algo que parecía ser sangre. La policía científica tomó una muestra que enviaron al laboratorio hematológico. En una semana tuvimos los resultados del análisis.

Una interpretación equivocada de las pruebas es el camino seguro hacia el error. La única vacuna disponible es la cautela. Desconfiar de las pruebas nos motiva a cotejarlas y complementarlas. Dudar de uno mismo nos aleja de la presunción y credulidad. Si hubiese seguido estas sencillas premisas seguiría trabajando como detective privado. Sin embargo, hay ocasiones en las que dejar que los errores nos arrastren puede traer satisfacciones que quizá sabremos apreciar *a posteriori*.

La compañía de seguros me había contratado para encontrar al culpable. Me avisaron desde el principio de que las perlas estaban aseguradas solo por diez mil euros, una cantidad insignificante comparada con los diez millones que cubrían el resto de la colección. Debíamos dar un buen servicio, ya que se trataba de un cliente importante, aunque el robo en sí se consideraba menor. Aparte de mi interés pecuniario —cobro mejores honorarios cuando las piezas robadas son de alto valor—, me surgía la duda de por qué, habiendo otros objetos de mayor atractivo monetario, se habían llevado precisamente esas perlas negras. Había razones obvias: su tamaño las convertía en objetos fáciles de esconder y transportar, e incluso de vender con buenos contactos. Sin embargo, en la misma colección había otras piezas de oro, algunas con incrustaciones de diamantes, que estaban aseguradas por sumas mayores y que no habían sido sustraídas. Las tablas flamencas eran del tamaño de un ordenador portátil y, con una sencilla organización logística, podrían haberse robado sin muchas complicaciones. Respecto al precio de venta, mejor no hacer estimaciones, seguro que la suma iría seguida de varios ceros. O mucho me equivocaba o antes de entrar, el ladrón tenía un objetivo concreto: las perlas negras.

El fin de semana también había dormido en la vivienda una chica interna, que se encargaba de las tareas del hogar. Había servido la cena del sábado y fue la primera en darse cuenta del robo, mientras limpiaba los salones a la mañana siguiente. Al ver los cristales rotos en torno a la peana, avisó a los señores de la casa, consciente de que había tenido lugar un delito.

Ese sábado temprano, dos operarios habían comenzado el mantenimiento del jardín que se llevaba a cabo de forma periódica. Incluía el arreglo del césped, la poda de ramas que se acercaban en exceso a las ventanas de la casa, y el cuidado general de los arbustos que ya lucían las primeras flores primaverales. Empezaron el trabajo cerca del parapeto de piedra que había bajo el mirador acristalado del salón, lo que les podría haber dado acceso a las perlas y, por lo tanto, facilitado el hurto. Suficiente ruido y herramientas para funcionar como tapadera de un robo debidamente planeado.

Todos los comensales y trabajadores me parecieron sospechosos en las entrevistas, excepto la dueña de la casa. Me dejó tan obnubilado su presencia, bella y elegante como una Nefertiti moderna, que fui incapaz de imaginarla como causante de ningún mal. Hubo que esperar a recibir los resultados de las escasas pruebas que teníamos para avanzar en la investigación. Los análisis cromosómicos de la sangre fueron contundentes: el culpable era un hombre, lo que reducía a siete el número de sospechosos. Tomamos muestras de sangre de los siete y las enviamos para un análisis genético detallado. Después de casi cinco semanas y tras cotejarlas, llegamos a la conclusión de que no coincidían con ninguno de ellos. Existía, no obstante, la posibilidad de que hubiesen contratado a un ratero para que hiciese el trabajo sucio durante la cena. De este modo, la participación del instigador se podía haber reducido a dejar una ventana abierta o facilitar el paso al ladrón de alguna otra forma. En definitiva, aunque al principio parecía que con las pruebas disponibles iba a ser fácil solucionar el caso, una vez cotejadas no nos habíamos movido mucho del punto de partida.

Centré mis esfuerzos en averiguar cómo habría entrado el ladrón a la casa. No encontré huellas ni indicios que apoyasen la hipótesis de un asaltante externo. Las ventanas, cerradas a cal y canto, no habían sido forzadas; el sistema de alarma, reforzado en las posibles entradas al salón con las obras de arte, no daba muestras de haber detectado ningún intruso. Las dos cámaras que vigilaban permanentemente el exterior de las ventanas del salón habían registrado a los jardineros haciendo sus labores por la mañana y a un pequeño zorro dando un paseo nocturno por el parterre que bordeaba la casa.

Tenía dos cosas claras: nadie había entrado sin ser visto para cometer el robo, y ninguno de los presentes en el momento del mismo era un culpable aceptable.

A estas alturas la policía estaba perdiendo interés por el caso, y yo estaba tan bloqueado, que comencé a pensar en otros eslabones débiles de la investigación que pudiesen abrir una brecha para seguir avanzando. Desde el principio había algo que no encajaba. Esas perlas ocultaban algo, quizá una pista que no conseguía descifrar. Recurrí a un joyero de confianza para ver si podía deducir algo a partir de unas fotografías de las piezas robadas. Para mi sorpresa, nada más verlas despertaron su interés. Me dijo que antes de contarme una curiosa historia, sería conveniente saber si había quedado alguna de las perlas que él pudiera examinar.

Los propietarios no parecieron contentos cuando les trasladé la pregunta. Al principio intentaron evadirla, más tarde me acabaron mostrando una joya heredada de la familia; se trataba de un broche de oro que conservaba una de las perlas engarzada, como una lágrima. Lo guardaban en la caja fuerte con el resto de las joyas personales y, a pesar de ser muy llamativo, o precisamente por serlo en exceso, no recordaban cuando fue la última vez que la dueña lo había utilizado.

Cuando el joyero vio la perla, no dudó un momento: perlas negras de ese estilo había muy pocas, y se encontraban de excelente calidad en Madrid y Barcelona. Provenían de las familias que abandonaron Filipinas al final de la colonia, las más prevenidas vendieron sus posesiones y fueron canjeando todo lo que habían acumulado por aquellas valiosas perlas, exquisitas y fáciles de transportar. Les servirían para recomenzar una nueva vida allá donde fueran. Al llegar a la Península las fueron vendiendo poco a poco, por una parte, suponían unos ingresos muy cuantiosos cada vez que se desprendían de una de ellas, por otra, eran recuerdo de tiempos mejores y sello de nobleza de unas pocas familias. Con el tiempo aquellas perlas se habían convertido en un mito de la joyería, eran fácilmente reconocibles y estaban muy cotizadas; cuando aparecía alguna era inmediatamente adquirida por sumas que llegaban a ser disparatadas, dependiendo del tamaño y pureza de la perla. Si la fotografía no engañaba, y una vez vista una de las originales, vender estas perlas por una cantidad considerable iba a ser muy fácil en mercados discretos para cualquier persona con unos mínimos contactos.

Le dije la cantidad por la que estaban aseguradas, el joyero sonrió, con eso no se pagaba ni el alquiler de una noche. Le pregunté si se le ocurría alguna razón por la que se hubiesen asegurado por una cantidad tan baja. «Es usted el que trabaja para una casa de seguros», me dijo, «y conoce mejor que yo el porqué algunas costosas propiedades son aseguradas por cantidades inferiores a su valor o, en ocasiones, simplemente no se aseguran». Confirmaba mis sospechas; el origen de aquellas perlas estaba relacionado con algo vergonzoso o escabroso, algo secreto a lo que no se le quería dar publicidad. Podía ser que su procedencia fuera robada, incluso de un robo por encargo; una compra en alguna subasta equívoca; el resultado de un expolio deshonroso, que las había llevado a las manos de los actuales dueños. Muchas son las obras de arte y joyas valiosas que provienen del expolio a los judíos durante la época nazi, sus actuales propietarios optan en muchas ocasiones por no difundir información y pasar inadvertidos, por disfrutar de las piezas o de su posesión, manteniéndolas siempre protegidas y a buen recaudo. Definitivamente se abría una nueva línea de investigación, era un buen hilo para comenzar a tirar y deshacer la madeja.

Sin embargo, los propietarios no iban a ser de gran ayuda. Las perlas habían sido heredadas a través de la familia del señor de la casa, incluyendo el broche con la lágrima engarzada que había pertenecido a su abuela, aunque no la recordaba luciéndolo. No tenía ningún papel que acreditase el origen ni sabía dónde habían sido adquiridas o, al menos, esa es la versión que me relató.

Pregunté a la policía, ya se habían desentendido del caso completamente: joyas del mismo valor desaparecían a cientos en la ciudad de Madrid todos los días, sin violencia o víctimas se aparcaba como un caso de importancia menor. Habían dado el aviso en las distintas comisarías por si encontraban unas perlas similares en alguno de los botines que capturaban y, si aparecía alguna pieza sospechosa, enviarían un mensaje a los propietarios para que se pasasen a revisarlas en la exposición reservada. Los invitados a la cena habían sido autorizados a abandonar el país y, tanto la chica interna de la casa como los jardineros, temporalmente apartados de sus puestos de trabajo, habían vuelto a incorporarse con normalidad. Al cabo de un mes daba la sensación de que nada había ocurrido en aquella casa, es más, mis intentos de buscar nuevas líneas de investigación no eran bien recibidos y los propietarios esperaban cobrar la indemnización del seguro y olvidar el caso.

En esas circunstancias me enteré a través de colegas del gremio de algo sorprendente: el señor de la casa había contratado a un detective privado para investigar discretamente sobre el paradero de las perlas robadas. Dos obviedades, el contratado no era yo y el propietario conocía el valor real de aquellas joyas.

Tuve la intuición de que investigar algo más sobre el resto de los sospechosos podría ayudarme a entender mejor el misterio. Como he comentado anteriormente, todos me parecían culpables. No describiré en detalle lo que averigüé sobre cada uno de ellos ni la cantidad de tiempo que perdí en hacerlo. Basta decir que seguí un orden equivocado, que me retrasó enormemente.

El colombiano y su esposa cumplían todos los tópicos para ser los artífices del robo y, como un vulgar novato, me dejé llevar por mis prejuicios, así que fueron los primeros a los que entrevisté. Me costó conseguir información sobre las actividades a las que se dedicaban, y una revisión de su historial daba a entender que era fácil incluir en él un robo de joyas con posterior venta en el mercado negro. No obstante, no logré encontrar ningún indicio de que hubiesen estado implicados en la desaparición de las perlas.

La pareja de homosexuales tenía, a simple vista, antecedentes mucho más respetables. Hurgando un poco en sus negocios, descubrí algún trapicheo en la venta de cuadros, probablemente destinado a blanquear dinero vía facturaciones de dudosa legalidad. No eran cifras elevadas, pero atestiguaban cierta pericia en asuntos turbios y apetencia por dinero fácil. Quién sabe si, ante la posibilidad de ampliar beneficios, podrían haber aplicado su saber hacer a un asunto mayor.

Finalmente, me dediqué a investigar al hijo del propietario y a su novia, mejor dicho, exnovia, ya que la pareja se había roto una semana después de la cena y ella había vuelto a Nueva York. El hombre parecía muy afectado por la ruptura, no sabía nada sobre el hurto de las perlas y tampoco le interesaba lo más mínimo. Pensé que quizá era buen actor, pronto me di cuenta de que su malestar era sincero y lo descarté como sospechoso. Entre sus afirmaciones inconexas me reveló una que me hizo cambiar el curso de la investigación: uno de los planes que había cancelado era un viaje a Manila para asistir a la inauguración de unos antiguos almacenes junto al puerto, recientemente restaurados para incorporarlos al circuito turístico de la ciudad. Los almacenes pertenecieron a los antepasados maternos de su exnovia, y conservaban el nombre de un insigne apellido colonial, ya casi olvidado en la familia anglosajona. Soy de los que piensan que las casualidades no existen, así que se imponía un viaje a Nueva York.

En la compañía de seguros no compartían mi opinión y estaban dispuestos a abonar la indemnización a los asegurados. Consideraban el caso cerrado. Me dejaron caer que, durante las vacaciones que iba a tomarme, podía aprovechar para visitar la ciudad por cuenta propia, y volver con calma, ya que por el momento no me necesitaban. También me rogaron que dejase de molestar a los propietarios. Ya habían recibido quejas de mi insistencia.

Con estas vías de la investigación cerradas, decidí enviar un correo electrónico exploratorio a Julia, la exnovia, que se mostró amable y dispuesta a reunirse conmigo. En aquel momento estaba muy ocupada, pero dispondría de algo de tiempo en unas cuatro semanas, podía contactarla entonces y concretar una cita. El plan no me pareció mal, me daba tiempo a cerrar unas cuantas cuestiones que tenía pendientes en Madrid y a comprar un billete de avión a un precio aceptable, tal y como se estaba oscureciendo mi horizonte laboral no estaba para derroches. Mientras tanto, dispuse de tiempo para averiguar sobre el pasado de la familia materna de Julia, como información de partida conocía el ilustre apellido y las fechas estaban suficientemente acotadas.

Cuando volvieron de Filipinas se instalaron en Barcelona y montaron un comercio de ultramarinos en la calle de Balmes. Según me confirmó más adelante mi entrevistada, la adquisición del local y el piso en el que habitaron fue gracias a una primera venta de perlas. Con los ingresos obtenidos pudieron financiar una buena educación para los jóvenes y relacionarse con la burguesía catalana.

Uno de los hijos recién inmigrados, su bisabuelo, era buen estudiante, y se graduó en Derecho antes del fin de la Gran Guerra en Europa. Comenzó a ejercer como procurador, como tenía ciertas inclinaciones políticas y una gran habilidad para los negocios, al cabo de algunos años decidió mudarse a Madrid con su mujer y sus cuatro hijos. Los años veinte fueron gloriosos también para él, fundó varias empresas y amasó una gran fortuna, viajaba continuamente a Francia e Inglaterra, especializándose en comercio internacional. A su vez, conservó su preocupación por el desarrollo y el progreso del país, era un liberal con una visión amplia de futuro, convencido de que la educación era un factor clave para la prosperidad social. Involucrado en el Ateneo asistía a cuantas conferencias podía y pronto congenió con las élites culturales de la capital. Colaboró con la Institución Libre de Enseñanza, ayudando a la adquisición de terrenos y a la instalación de nuevos colegios. Sorteó con cierta habilidad la crisis económica del 29 y, cuando comenzó la década de los treinta había acumulado una fortuna considerable, buena parte puesta a resguardo en adquisiciones inmobiliarias. Alejado de los extremismos, no dudó en ponerse del lado de la República cuando estalló la Guerra Civil y, aunque durante la contienda sus finanzas sufrieron un fuerte varapalo, hizo todo lo posible por ayudar económicamente a amigos y apoyar al régimen republicano. El balance familiar de la guerra fue desastroso, solo sobrevivieron su esposa y una de sus hijas. En lo tocante a la economía, la posguerra no tuvo nada que envidiarle; al ser familiares de un significativo rojo perdieron todas sus posesiones, a excepción de un piso en la calle de María de Molina, en el que se instalaron las dos supervivientes.

Cuando me reuní con Julia tenía la certeza de que estaba hablando con la nieta de aquella niña que vivió en María de Molina. Sin embargo, me faltaban por completar los huecos de la historia más reciente. Ella misma me contó que, para sobrevivir en las décadas que siguieron a la guerra, su bisabuela alojaba en casa a mujeres estudiantes provenientes del Wellesley College, que realizaban estancias en Madrid. Tenía los contactos americanos necesarios anteriores a la guerra y su buen hacer le permitió asegurar unos ingresos esenciales para sobrevivir durante aquellos años. Además, cuando la abuela de Julia llegó a la edad universitaria pudo acceder a una beca para estudiar en el Wellesley, lo que hubiese sido muy improbable conseguir en su ciudad de origen. A Julia se le iluminaban los ojos cuando hablaba de su abuela; casada con un prestigioso profesor americano, había comenzado la genealogía familiar al otro lado del Atlántico y, aunque estaba perfectamente integrada en su país de acogida, había transmitido el lenguaje y las leyendas familiares a sus descendientes.

El cerco se cerraba en torno a Julia. La muchacha no era consciente, sin embargo, las piezas que yo iba recogiendo de distintas fuentes encajaban entre sí, dejando ver la imagen final del puzle. Estaba seguro de que las perlas habían pertenecido a su familia materna, y de que ella había vuelto después de tantos años para recuperarlas, aunque todavía no conseguía entender cómo lo había hecho. En cualquier caso, lo averiguaría. Conseguiría solucionar el caso y volver con honores a mi puesto de detective en la compañía de seguros.

Organicé un seguimiento cercano, aprovechando que se consideraba a salvo de toda sospecha sería fácil rastrear sus pasos y hábitos, la ingenuidad nos deja desarmados. Estuve varios días detrás de ella, averiguando cosas interesantes sobre su persona, sus hábitos de trabajo, a qué gente frecuentaba. Nada relevante para el caso en los primeros seguimientos, simplemente situándome en la escena.

Una semana después descubrí una información relevante que precipitaría los hechos. Un mediodía soleado abandonó su trabajo y tomó el metro para dirigirse a la zona este de la ciudad, cerca de los campus médicos. Compró un café y algo para comer en un pequeño puesto en las proximidades del St. Catherine's Park y se sentó a tomarlo en un banco al aire libre. Sacó un libro de su bolso y comenzó a leer, parecía inquieta y con dificultad para concentrarse, consultaba la hora en su reloj continuamente. Al fin se levantó, cruzó la primera avenida y se dirigió rumbo al río por la calle 67, se detuvo a mitad de la manzana y entró con paso inseguro en el Centro contra el Cáncer Memorial Sloam Kettering.

La seguí en el interior del edificio con la sensación de estar irrumpiendo en su intimidad, y me situé a una distancia prudencial en el control de entrada. La saludaron con simpatía como a una visitante habitual, no obstante, tuvo que identificarse y mencionar el nombre del doctor que venía a consultar. Cuando hubo franqueado el control, tenté la suerte para ver si lograba pasar con la excusa de ver a un familiar. Fue imposible, la privacidad es una regla fuertemente respetada y al hacer preguntas comencé a levantar sospechas. Tuve tiempo para lanzar una mirada sobre el mostrador y confirmar que Julia había sido apuntada en el listado de pacientes, no de visitantes.

Salí a la calle y esperé buscando en mi teléfono información sobre el médico al que había ido a consultar. Era un especialista en trasplantes de médula ósea o, mejor dicho, de células madre de la sangre, y en aquel hospital realizaba injertos y, sobre todo, el seguimiento de los pacientes trasplantados. Julia salió al cabo de media hora, sonriente y con paso decidido se dirigió hacia el este, cuando llegó delante del auditorio Caspary volvió su mirada buscando a alguien. Un chico alto, guapo y de un enorme parecido con ella se levantó de un banco, se besaron en las mejillas y, después de intercambiar unas palabras inaudibles, se abrazaron. Ella cerró los ojos en el abrazo y tuve la impresión de ver una pequeña lágrima deslizándose entre sus párpados. Entraron al concierto andando uno junto al otro, pausadamente, cruzando entre ellos miradas fugaces, acompañadas de una sonrisa cómplice.

Me senté en el lateral, un lugar en el que podía verla desde la diagonal; mientras un dúo de piano y violín interpretaba obras de Albéniz, contemplé el admirable perfil de aquella mujer. Delgada y de rasgos afilados, escuchaba la música con una sonrisa serena, calmada, como si llevase mucho tiempo esperando ese momento, como si acabara de recibir una buena noticia que se había hecho de rogar.

A estas alturas yo había averiguado que estuvo de baja laboral un año entero y podía suponer que su visita al médico había sido al control periódico de un trasplante de médula ósea. Probablemente lo recibió hacía ya más de dos años y le habían dado buenas noticias en su control anual. El trasplante podía haber sido de un pariente cercano, por ejemplo, de su acompañante, su hermano menor. Si era así, esa mujer tenía sangre masculina, composición cromosómica XY. Quizá aquel insignificante resto de sangre, única huella reveladora, encontrada en una astilla de vidrio de la urna que contenía las perlas, no había sido una casualidad. Quizá la autora del robo la había dejado a propósito para que nuestra investigación se centrase únicamente en los sospechosos varones. Quizá solo eran especulaciones mías, que servían para encontrar respuestas en este obsesivo caso que me estaba volviendo loco y llevándome a la ruina; sin embargo, la hipótesis no era completamente descabellada y, de ser cierta, Julia había escapado de toda sospecha el tiempo suficiente para salir de España, colocando las perlas robadas a buen recaudo.

Por lo tanto, el siguiente paso en la investigación era tomar una muestra de su sangre para cotejarla genéticamente con la aparecida en la urna, tarea complicada. Siendo prácticos, podía empezar con una muestra de saliva o similar. Si el trasplante había sido de su hermano, el análisis mostraría gran similitud con la sangre de la urna, y sería suficiente para convencer a un juez de que ordenase una toma de muestra de sangre de Julia para una posterior comparación definitiva.

Con la esperanza de poder avanzar en esta línea, concerté un segundo encuentro con Julia. Se alegró de saber que todavía me quedaba una semana en Nueva York y nos citamos para el próximo viernes, quedábamos para tomar algo por la tarde, luego tendría que dejarme, ya que la noche la tenía reservada para asistir a una ceremonia que podría ser de mi interés. Acepté la cita de la tarde, pero no podría asistir a la ceremonia, mi vuelo de regreso era en la madrugada del sábado. Me quedaban unos cuantos días para averiguar dónde habían ido a parar las perlas y tener algo más de información antes de nuestra cita. Hacía ya algunos días había encargado a un buen amigo y compañero detective que averiguase si había habido alguna transacción a ese respecto en el mercado negro, desde Amberes hasta Los Ángeles. No fue tan complicado, en una subasta de Sotheby's organizada en la Avenida York se habían pagado algo más de seis millones de dólares por una decena de perlas negras hacía aproximadamente un mes. Revisando el catálogo comprobé que se trataba de las que estaba buscando, no obstante, fue imposible obtener información sobre el vendedor o el comprador, la procedencia o el destino. Por lo menos, las habíamos encontrado y teníamos la prueba de que habían cruzado el Atlántico, otra pieza del puzle que apuntaba hacia Julia como autora del robo.

Hablé de nuevo con la compañía de seguros, confiaba en que podría convencerles de que valía la pena seguir con la investigación. Me equivocaba; en primer lugar, dudaban de que las joyas subastadas fuesen las mismas aseguradas por diez mil euros, y, en segundo lugar, me recordaron que el caso estaba cerrado: habían pagado la indemnización y no tenían intención de reabrirlo. Finalmente, me dijeron que, por si no me había quedado claro en la conversación anterior, mi contrato no iba a ser renovado. Todavía no dejaron caer la palabra fatídica «despedido», la reservaron para la conversación que, entre amenazas veladas, tuvimos muy temprano la mañana siguiente. Entre tanto, decidí optar por la vía que me pareció más lógica, telefoneé al propietario de las perlas, confiando en que podría interesarle el resultado de la subasta. Me contestó de forma cortante, estaba metiéndome en un asunto que no me correspondía y traspasando los límites de mi incumbencia. No es mucho suponer que entre unos y otros me abrieron la puerta de salida, o que yo mismo la empujé.

En el café donde habíamos quedado tuve que esperar dos minutos escasos, al poco de sentarme entró Julia por la puerta. Atractiva, elegante, hay mujeres que saben mostrar su belleza como si la estuviesen disimulando. Poco tuve que preguntar para que comenzase a hablar sobre su familia española, confirmando lo que yo había averiguado. Me contó que su bisabuelo murió de enfermo al final del sitio de Madrid, que, aun así, una vez acabada la guerra se le impuso una multa que hubo que pagar. Para ello se malvendieron todas las propiedades inmobiliarias, a excepción del piso en el que se quedó a vivir su abuela con su madre. Un supuesto amigo familiar, afín al régimen, intermedió en todas las operaciones y, como todavía faltaban fondos, se apropió de las joyas de la familia por una cantidad ridícula de dinero.

Las perlas negras traídas de Filipinas ocupaban un puesto destacado en la colección y también entre las leyendas que contaba su abuela. Habían acompañado siempre a la familia, se habían utilizado como arras en las bodas y eran símbolo de un pasado aristocrático. Probablemente, el supuesto amigo de su padre pensó que al apropiarse de las perlas también lo hacía del pasado glorioso que las acompañaba, pero lo único que se llevó con ellas fue la ignominia del expolio y la vergüenza de haber traicionado a un compañero. «Ten amigos para esto», solía decir su abuela. En cualquier caso, no fueron nunca un orgullo, sino el símbolo de una infamia. Las exponía en un rincón reservado de su casa, como si se tratase de una mancha, a la espera de que la limpiase el olvido. El traspaso a sus descendientes fue muy discreto, y las perlas sufrieron desafecto.

En este momento se me escapó una sonrisa, era ahora cuando Julia me iba a decir que se las había robado a los actuales propietarios para «quitarles un peso de encima». Sin embargo, su confesión tendría que esperar. Me pidió disculpas por atender una llamada de teléfono que estaba recibiendo en aquel momento, se levantó y salió a la calle para contestar.

Me quedé en la mesa recapitulando. Ya había conocido a varias familias víctimas del expolio franquista, pero la tenacidad de Julia era impresionante. Costaba saber si lo hacía por recuperar el dinero que consideraba propio o si perseguía principios de justicia más elevados. Dada su determinación, me inclinaba por la segunda opción, influido también por la simpatía que me despertaba esta mujer, aunque mi trabajo impide la predisposición a ese tipo de debilidades, ya que nos acercan demasiado a los sospechosos. En este caso, incluso podría hablar de «culpable», pese a que todavía no había confesado el robo. Desde mi mesa podía verla a través de la ventana, hablando por teléfono miraba hacia el otro lado de la calle, dándome la espalda, por lo que aproveché para recoger en un pañuelo el vaso en el que Julia había bebido. Tenía la muestra que necesitaba, suficiente para un análisis genético, y primer paso para desenmascarar a esta escurridiza quimera.

Cuando volvió a sentarse, me preguntó si me había gustado el concierto del otro día. «Es un teatro con una acústica formidable, especialmente indicado para música de cámara», observó. Me limité a contestar que la discreción era parte de mi trabajo y que, aunque valoré la opción de hacerme el encontradizo durante el intermedio, me reprimí al ver que tenía compañía. «Es mi hermano pequeño», me dijo, «tenemos una relación muy próxima, si usted hubiese venido a saludarme se lo habría presentado». Sus palabras iban confirmando poco a poco mis sospechas, hasta el punto de que tuve ganas de insinuarle que no siguiese cerrando el cerco sobre sí misma. Sin embargo, sonaban ya a despedida. Se iba a la ceremonia a la que me había invitado y yo no podía asistir, una pena, porque quizá en ella hubiese encontrado respuesta a algunas de las preguntas que no dejaba de plantearme. Antes de irse me entregó una publicación periódica de la asociación de lucha contra el cáncer, en ella podría encontrar información sobre la ceremonia que iba a celebrarse y me aconsejó leerla.

Me quedé un rato en el café, ojeando la revista. Había marcado una doble página con información sobre las donaciones anuales, se destacaba una anónima de seis millones de euros recibida recientemente y cuyo destino era fomentar la investigación sobre la leucemia. El donativo incluía, como deseo expreso, que se crease un centro de pretratamiento de cáncer infantil en Manila y un banco de médula ósea en Filipinas.

Supongo que era lo más próximo que iba a conseguir a una declaración de culpabilidad. Había llegado al final del camino, siguiendo un recorrido previamente trazado por Julia, en los pasos y en el tiempo. Me quedé completamente desarmado. Como dije al principio, hay ocasiones en las que dejarse arrastrar por los errores propios marca el curso de la vida, y es al mirar hacia atrás cuando podemos apreciarlo.

Había anochecido y hacía frío, avancé indolente hacia la avenida donde encontraría un taxi de vuelta a mi hotel. Antes de doblar la esquina, tomé el vaso de agua con la muestra de saliva que todavía conservaba en el bolsillo del abrigo y lo tiré en una papelera de reciclaje.

II

La Quimera

Es horrible la Quimera como animal mitológico. He intentado buscar representaciones atractivas para sentirme cautivado por ellas, son todas monstruosas. Las más clásicas con las tres cabezas saliendo de un cuerpo híbrido. Incluso las cabezas de los animales −león, cabra y serpiente en su forma más extendida− transmiten tensión y violencia. En gran parte porque, además, suelen representarse lanzando fuego por las tres bocas para mostrar a la vez su origen y su capacidad destructora.

Las iconografías más comunes son las que se encuentran en la cerámica griega y en algunos mosaicos romanos, muchas de ellas representan la muerte de la Quimera a manos de Belerofonte. Existe un bronce etrusco expuesto en el Museo Arqueológico de Florencia, que personifica al monstruo en todo su esplendor y, aunque de incontestable belleza, lo que transmite es temor.

La Quimera es un animal arcaico que nace en las profundidades de la tierra y se origina a partir de fuerzas irracionales y misteriosas, alumbra a un ser tenebroso con hogar en el submundo. Ocasionalmente sale a la superficie y destroza todo lo que encuentra a su paso escupiendo fuego, deja tras de sí un paisaje arrasado y desolador. Dicen las leyendas que se ubicaba en Asia Menor, donde le tenían pánico.

Después de lo dicho, no es de extrañar que esto de convertirme en una quimera me produce, de primeras, cierto repelús. En una lectura optimista, parece que mejorar el nivel de comportamiento de mis antecesores va a ser bastante fácil. Por otro lado, era estimulante encontrar algunos ejemplos de quimeras más sugerentes y la representada en un plato de cerámica griega de la Apulia expuesto en el Museo del Louvre era una buena forma de comenzar. Continué rebuscando entre las distintas interpretaciones eruditas, y algo positivo he conseguido averiguar.

No es el caso de Paul Diel[1] quien, al estudiar los símbolos griegos, presenta la quimera como la exaltación imaginativa que solo la puede superar el hombre si la domina con energía espiritual, representada por Pegaso. Sería una versión de la dicotomía pasión versus razón. En la Quimera, el león representa la perversión de los deseos materiales; la cabra, del apetito sexual, y el dragón o la serpiente simbolizan la mentira. Pegaso, el caballo alado regalo de Atenea a cuyo lomo Belerofonte mató a la Quimera, representa la razón y la espiritualidad capaz de superar las perversiones. Es una visión muy maniquea, en la que el monstruo mitológico se lleva la peor parte.

Para Robert Graves[2], la Quimera es un símbolo calendario muy antiguo, que ya se encontraba en templos hititas de Asia Menor. El león representa la primavera; la cabra, el verano, y la serpiente, el invierno. Toda ella es una alegoría del tiempo y el transcurso de la vida, está asociada a sociedades matriarcales primitivas, que fueron posteriormente dominadas por los griegos. Queda, por lo tanto, algo de esa fuerza asociada a la naturaleza, misteriosa y profunda, que se incorporó en la mitología clásica como un mito de origen oriental con cierto carácter esotérico. Su carácter destructor se hacía patente cuando escupía fuego y, aunque se le debe el respeto de lo antiguo, su aniquilación a manos de Belerofonte supone relegarla a otra época y no abrirle la puerta al mundo racional griego. De nuevo, es difícil encontrar una lectura positiva en esta interpretación.

Los poetas han sido capaces de proporcionar imágenes más atractivas. Así, en «Desolación de la Quimera»[3], de Luis Cernuda, cuando la Quimera susurra a la luna lo hace con una voz dulce, una voz que alivia su desolación. De ese monstruo horrible, decadente en el poema, emana una voz extremadamente tierna para lanzar un lamento sobre el camino que han elegido los hombres. Se han alejado de la Quimera, de esas fuerzas ocultas y subterráneas que antaño ejercían un atractivo sobre ellos y que, aunque podían arrastrarles a la locura, también los hacían capaces de sueños, amores y obras artísticas ambiciosas. Reinterpreta el papel del monstruo de una forma más generosa; las fuerzas ocultas e imaginativas que representa también son creativas, capaces de generar un mundo vigoroso enraizado en la naturaleza más instintiva del ser humano. Es ese mundo primigenio, original, que muchos artistas han buscado como base para su obra, sin importarles sacrificar su vida por asomarse al abismo de la locura. De este modo proporciona una visión positiva de la simbología del monstruo.

Si trasladamos el concepto al ser humano, la Quimera podría representar el subconsciente, incluso el inconsciente al que rara vez nos asomamos, que guarda claves ocultas con las que se podría explicar nuestra existencia. Entre este tipo de quimeras, de las más conocidas son las de Gérard de Nerval, poeta destacado del romanticismo francés. Sufría ataques de locura desde su juventud y llegó incluso a abrazarlos como momentos en los que bucear en su mundo imaginario más profundo para enriquecer su capacidad creativa. No en vano, varias de sus obras más personales se originaron durante estos períodos de locura, como es el caso de los esotéricos sonetos que agrupó bajo el nombre de «Las quimeras»[4]. Todo un reto comprender este viaje a las profundidades del ser humano y de la locura, no obstante, es innegable la influencia que tuvo después en muchos escritores y la fascinación que supuso el personaje, y su trágica muerte, dentro de los movimientos vanguardistas posteriores, como el surrealismo.

Así que la Quimera va tomando forma como esa fuente primigenia de creatividad, difícil de domar, pero de indudable riqueza. Es el abismo al que se asomaron Münch, Van Gogh o Chagall para alimentar su pintura. Es el laberinto sin fin, en el que el ser humano se mueve con pasos de ciego, a trompicones, siempre inseguro de avanzar. Para el asunto que nos concierne basta decir que esa monstruosa Quimera muestra aspectos favorables que, en principio, parecían descartados.

En el mundo racionalista de hoy, la Quimera sigue siendo el refugio que simboliza las fuerzas primigenias e imaginativas. Su representación plástica se ha suavizado a lo largo de la historia y las quimeras ya no solo incluyen al engendro de tres cabezas sobre cuerpo híbrido que veíamos en las primeras imágenes. En versiones posteriores de la mitología incluye todo animal compuesto de dos realidades, y se abre paso a sirenas, centauros, grifos... y otro amplio número de seres imaginarios que pueden ser sugestivos o, incluso, cautivadores.

No es lo mismo una quimera que un crisol. Pueden parecer dos palabras con un significado parecido, pero entre ellas existe una diferencia sutil, y ya se sabe que el diablo está en los detalles. En sentido figurado, crisol se refiere a una realidad compuesta de la fusión de varias realidades. Es muy común utilizar ese término para una sociedad o un territorio en el que han convivido, de forma armoniosa, comunidades con distintos orígenes, creencias o tradiciones. Las connotaciones de la palabra son claramente positivas, y hacen pensar en el respeto y la tolerancia como los principales valores que logran el enriquecimiento del conjunto. Toledo, como crisol de culturas, dio lugar a la escuela de traductores, un germen de las actuales universidades, que permitió la interacción entre judíos, árabes y cristianos para el intercambio de saberes y textos. El arte árabe-normando refleja el crisol de estilos en Sicilia, donde la mezcla de distintas tradiciones artísticas produjo una explosión de belleza. En resumen, crisol pone de manifiesto los aspectos positivos de las mezclas, mientras que las quimeras llevan escritas en su diversidad las claves de su destrucción.

Dejemos ese reducto quimérico de interpretación misteriosa para poetas y artistas, adaptemos el significado para las nuevas quimeras que estamos surgiendo. Somos una suma de realidades, como nos dice la medicina, pero de unas realidades profundas que afectan a nuestro *yo* más íntimo. Quizá lo más destacable es que, en el proceso de creación de esas quimeras, nos hemos tenido que asomar al abismo del dolor, al temor del rechazo entre órganos, a la sensación de ser completamente vulnerables y de que nuestra vida penda de un hilo sobre el que no tenemos control.

Todo ello nos ofrece la oportunidad de convertirnos en personas con una renovada aptitud para valorar la vida y a quienes nos rodean. Igual que el artista que se asoma a la locura adquiere la capacidad de crear las más bellas obras del ser humano, las nuevas quimeras que hemos sentido el fino hielo del lago bajo los pies, podemos resurgir con un renovado humanismo vitalista.

El reencuentro del artista

Por la mañana temprano, Antonio se despertaba escuchando la radio con las noticias del día, economía, política, internacional, mientras se aseaba. Durante el desayuno aprovechaba para leer las invitaciones a los eventos de la semana, que iba agendando en el teléfono móvil. A su vez, leía los mensajes recibidos durante la noche de familiares y amigos que vivían en husos horarios distantes. Era tal la cantidad de avisos y comunicaciones, que algunas mañanas abandonaba la mesa sin haberse acabado la taza de café, y si la había bebido ni tan siquiera le había prestado atención. Es más, ya ni recordaba cuando fue la última vez que disfrutó de un buen desayuno, solo eso, tomarse el tiempo para recrearse en un café.

Tomaba el metro cerca de casa, en el tren camino del trabajo empleaba su tiempo actualizando sus redes sociales. No muchas. Una de vecinos y otra de padres de la guardería, que pasaba rápidamente sin prestar mucha atención. Las relacionadas con su trabajo y aficiones sí leía con más detenimiento, por si había algún tema importante o de su interés. Aun así, no era de extrañar que, en el andén e incluso en la acera hasta llegar al colegio, fuese leyendo los mensajes a trompicones para tenerlos revisados antes de comenzar las lecciones de ese día.

Impartía clase de Historia del Arte y Dibujo en un instituto del centro de Madrid. Sus estudiantes tenían entre catorce y dieciséis años, un grupo heterogéneo dentro de la uniformidad de esas edades en las que no se ha desarrollado plenamente la personalidad. Los había con buena mano para el dibujo y la pintura, que mostraban mucho interés en clase, alumnos avanzados que levantan el ánimo del profesor. También los había poco dotados para las artes plásticas, incluso para las artes en general, que renqueaban en sus asignaturas con el único objetivo de evitar el suspenso. No tenía queja de los estudiantes, eran buenos chicos y chicas que apreciaban su esfuerzo en impartir clases amenas y con contenido. Algunos días se complicaban; los alumnos estaban revoltosos o había un pequeño grupo alterado que decidía molestar a todos los demás, no obstante, en la valoración personal que hacía al final de cada trimestre, siempre se inclinaba del lado favorable de la balanza.

Su trabajo no le entusiasmaba, pero le resultaba atractivo y era una buena salida profesional, que le aportaba seguridad en la carrera que había escogido. Combinaba la creatividad de preparar las clases con la pedagogía para acercarse a los estudiantes; sin embargo, no podía evitar que después de seis años se le hiciese rutinario. No era una rutina en el sentido de que cada día se repitiese exactamente lo mismo que en el anterior, pero sí en el de que el hábito había retirado el interés por las cosas que ocurrían o su capacidad excitante. Identificaba a los alumnos más dotados para el dibujo, les estimulaba a formarse en la técnica, a practicar y, de hecho, la mayoría de los que estaban capacitados la aprehendían y mejoraban considerablemente. No obstante, ninguno pasaba de pintar un cuadro esporádico que valiese la pena y, aunque como maestro seguía instruyendo a los estudiantes, había perdido la ilusión de encontrar alguno con una vocación artística declarada. No quería decir con esto que ninguno de sus estudiantes fuese a dedicarse a la pintura, tan solo que no le correspondería a él formar a un pintor que lo fuese de verdad.

Antonio empezó a pintar desde niño, y ya a los catorce años tenía clara su vocación. En cualquier lugar, sentado en una terraza o frente a un paisaje, dibujaba en una pequeña libreta que llevaba consigo. Lo hacía por gusto, incluso por divertimento, del mismo modo que otros jóvenes compañeros tocaban instrumentos en bandas locales o participaban en el coro del orfeón. Tomaba clases de dibujo y pintura en la academia de una profesora que intuyó su talento y le alentó a continuar. Una vez que dominó la representación de bodegones en el estudio lo llevó a pintar paisajes al natural y a museos donde copiaba a los maestros.

Fue terminando la adolescencia cuando su vocación artística se convirtió en pasión. Comenzó a descubrir la ambición estética en las obras de otros pintores, primero en los clásicos españoles, italianos y flamencos, después en los modernos y contemporáneos. Pronto quedó atrapado por la búsqueda de la belleza, de una forma de representar tanto el entorno que le rodeaba como los sentimientos que en él despertaba. Ya no le bastaba con copiar y repetir las técnicas aprendidas; necesitaba desarrollar un estilo propio que le diferenciase de los demás, que le permitiese mostrar su punto de vista y descubrir nuevas formas de plasmar la realidad. La expresión máxima de libertad estaba en indagar las formas y colores, en encontrar la combinación original en un lienzo que le llevaba a la expresión perfecta. En resumen, había sentido el aliento de la quimera y lo único que tenía importancia para Antonio era contribuir directamente a la Historia del Arte con mayúsculas.

Cuando ingresó en la Facultad de Bellas Artes ya estaba cautivado por las escuelas vanguardistas de principios del siglo XX. Si hubiese podido materializar un sueño, hubiese sido vivir la bohemia en París, Viena o Berlín. En París mejor que en ningún otro sitio, haberse codeado con los cubistas o discutido con los surrealistas se le antojaba como el mayor placer del mundo. Olvidarse de las ataduras del día a día, las pequeñas economías y costumbres, para dedicarse plenamente a divagar sobre las formas de expresión entre un vaso de vino y otro de absenta. ¡Qué gran plan de vida! Perderse entre óleos y pinceles, rodearse de lienzos y tablas, abandonar las obligaciones rutinarias y entregarse a la satisfacción de su quimera.

En su intento de llevar a cabo su sueño logró instalarse en un viejo cuartel de zapadores abandonado, que había ocupado un grupo de artistas al norte de Madrid, junto a las vías del extrarradio de la ciudad. En uno de los habitáculos montó un destartalado estudio en el que, además de sus útiles de pintura, había instalado un catre y los mínimos enseres para vivir. Participaba en exposiciones colectivas que se llevaban a cabo en los propios talleres del cuartel y, ocasionalmente, en alguna gran sala del Matadero o la Tabacalera que les prestaba el gobierno regional para promover el arte entre los jóvenes. Realizaba intercambios internacionales a través de redes para fomentar la relación entre artistas, sobre todo de diferentes países europeos y americanos. Pasó temporadas en París y Berlín, participó en exposiciones en Italia y en un buen número de países del norte de Europa. Es difícil dilucidar si su contribución artística era revolucionaria, lo que es innegable es que Antonio se sumergía en la búsqueda de un estilo personal; probaba diferentes materiales y temáticas, formatos y composiciones, pintaba sus lienzos y los repintaba encima, como si el valor estuviese más en la búsqueda que en el punto de llegada. De forma paralela, tonteó con sustancias psicoactivas que habían ganado en diversidad comparada a la monótona absenta bohemia. El alcohol compartía protagonismo con porros y otras drogas variadas, aunque, al menos en el caso de Antonio, rara vez en exceso.

Recordaba con nostalgia aquellos años. Esa época le trajo las cotas más elevadas en términos de creatividad. Asistía a la escuela de Bellas Artes con cierta asiduidad y, aunque el espíritu de Antonio era netamente antiacademicista, ese período de formación le permitió dedicar una parte importante de su tiempo a la pintura, entonces su prioridad. Conoció un sinfín de gente. Compañeros con los que aún mantenía el contacto, otros con los que había discutido sobre cuestiones que ya no recordaba, suficientes para cortar la relación. Formó parte de tres o cuatro grupos de artistas de la nueva generación, alguno de ellos objeto de reportajes en revistas especializadas, todas excusas válidas para celebraciones inaugurales.

En un momento indeterminado, no sabría decir cuándo exactamente, la vida mundana comenzó a tomar fuerza sobre la artística, y dedicaba más tiempo a la promoción y a los festejos que a la pintura. Transcurrieron unos años en los que se mantuvo en la cuerda floja de la frivolidad, sin embargo, como el océano necesita el mar profundo para impulsar las olas en su superficie, Antonio necesitaba vibrar con la abisal quimera para crear sus obras. Poco a poco fue perdiendo el apetito por pintar. Componía algunos cuadros de paisajes urbanos para vender y las necesidades económicas le llevaron a hacer retratos aburguesados, que simulaban ser modernos tras una completa falta de originalidad. Obtenía clientes a través de un galerista con buenos contactos, que además le hizo un hueco en su catálogo. Le exigía mayor presencia en redes y actos públicos, todo banal y un poco vacío, recubierto de una pátina insustancial, que se suponía contribuía a mantener su imagen pública. Ganaba lo suficiente para ir tirando. La mayor parte lo gastaba rápidamente para mantener el ritmo de su agenda social y el alquiler de un pequeño estudio en Carabanchel. En ocasiones le dolía haber renunciado a su ambiciosa quimera artística, se consolaba pensando que tampoco había traicionado grandes ideales, tan solo había dejado que la vida siguiera su curso natural.

Por aquel entonces su pareja se quedó embarazada. Laura era actriz de teatro y una gran aficionada a las artes plásticas. Junto a una compañía de mimo y danza pasó un tiempo en el cuartel de zapadores y montaron espectáculos con arriesgadas puestas en escena, combinando coreografías y decorados vanguardistas. Después, la farándula la llevó por otros derroteros, e hizo giras en incontables festivales por diversas ciudades europeas. Se había reencontrado con Antonio hacía un par de años en una última fiesta que montaron antes de cerrar el cuartel donde se reunieron artistas de todos los gremios para despedirse de aquel edificio que iba a ser derribado para ampliar la ciudad hacia el norte. Al verse se sonrieron mutuamente, como si la única razón para asistir a esa celebración fuera su encuentro, y comenzaron a charlar retomando un romance que habían iniciado al conocerse. Entre copas y bailes se pusieron al día de sus respectivas carreras, lugares que habían visitado, planes para el futuro. Tardaron poco en besarse y para entonces ya sabían que ese futuro iba a ser compartido: después de tantos años separados, había llegado el momento de seguir avanzando juntos.

Con la noche había llegado el frío, y acurrucados miraron al cielo donde un halo que rodeaba la luna parecía testificar el inicio de la relación. Dicen que esa aureola se forma por la refracción de la luz lunar en los cristales de hielo que hay en la atmósfera terrestre. Cuando el halo destaca es augurio de buena suerte. Lo cierto es que se convirtieron en una de esas parejas que se encuentran a gusto, que se nota que entre ellas hay amor y respeto, algo sincero que sobrevive en el fondo del maremágnum.

Al principio la relación fue desequilibrada, y ella fue muy paciente con Antonio. Coincidió con los años de las fiestas y del abandono de la pintura. Esa frivolidad vacía desconcertaba a Laura, que había creído reencontrar en Antonio el joven apasionado del arte que conoció en el cuartel, y ahora se daba cuenta de que se había convertido en un mediocre artista desorientado, que coqueteaba con la ilusión de la fama y un esquivo reconocimiento.

La noticia del embarazo hizo reaccionar a Antonio, aquella niña formándose en el vientre de su pareja concentraba la esencia y el sentido de la vida que faltaba en su obra. Fue abandonando su desmadre para acercarse a Laura y así, a medida que se alejaba de su ya pervertida quimera artística, se acercó más a su pareja con la ilusión de materializar todo ese amor.

Las necesidades económicas apremiaban, había que conseguir ingresos seguros y sentar la cabeza. Intentar vivir de la danza y la pintura estaba complicado en aquellos tiempos. Antonio optó por acceder a la docencia en colegios públicos. Obtuvo un contrato de interino que aceptó con ilusión y comenzó a impartir clases en el instituto antes de que naciera su hija. El trabajo les permitía asegurar un salario que entraba todos los meses en su casa, aportándoles la estabilidad que necesitaba la familia. Abandonó su estudio y alquilaron un piso en La Latina. No era muy grande, estaba bien distribuido y tenía una habitación adicional con una luz preciosa que entraba por una gran ventana situada sobre los tejados del barrio.

Antonio asistía una vez por semana a un local próximo ocupado por artistas del barrio, donde se reencontraba con viejos conocidos en un ambiente que le traía buenos recuerdos. Había intentado instalarse en un rincón que le permitía compartir un amigo en su estudio. Llevó allí un caballete y alguno de sus útiles, pero lo cierto es que no pasaba de pintar algunos cuadros anodinos. Antonio achacaba su incapacidad para volver a la pintura a la falta de tiempo; estaba involucrado en demasiados temas y la dispersión que le producía el estar envuelto en tantos asuntos le impedía profundizar en ninguno de ellos, ocasionándole una inquietud que le empujaba a comprometerse en nuevos temas. De esta forma se enredaba en una huida hacia delante, que le producía a la vez una desagradable sensación de incapacidad para dedicarse a la pintura y de vacuo malestar.

A Laura la casa le absorbió casi toda su dedicación durante el primer año tras dar a luz, a pesar de que Antonio dedicaba tiempo a la niña y también hacía tareas de cocina y limpieza. Al finalizar el año, Laura empezó a buscar una forma de dar continuidad a su carrera; se implicó en una academia de danza en el barrio, en la que impartía algunas clases y ayudaba con las coreografías. A partir de ahí montó una pequeña compañía de teatro con dos colegas que eran vecinas de La Latina. Ensayaban en unos locales que les permitían utilizar en la proximidad del Mercado de La Cebada y planeaban hacer una representación para final de año. No se podía decir que hubiese logrado su sueño de ser una gran actriz, aunque sí el más pragmático de compaginar unos ingresos en la academia con el de mantener su actividad en el espectáculo. En los últimos cinco años habían representado dos obras en salas independientes con un éxito aceptable y ahora estaban acabando de poner a punto una tercera, que esperaban comenzar a representar en breve. Sin duda, la compañía se había labrado un nombre en la escena madrileña. Esta organización de vida, aparentemente bien asentada, saltó por los aires con la noticia que conocieron a finales de la primavera.

En uno de los controles periódicos de salud que hacían en el instituto, avisaron a Antonio de que le habían encontrado una anomalía en el análisis de sangre y había que repetirlo. Propuso hacerlo después de los exámenes del segundo semestre, que empezaban inmediatamente. Los médicos le instaron a repetir los análisis con carácter urgente, y le apremiaron a asistir al hospital a primera hora. Una vez que ingresó, no le permitieron ni siquiera volver a casa a por ropa: habían encontrado un cuarenta por ciento de células cancerígenas en su sangre.

Esta anomalía se traducía, entre otras cosas, en una anemia aguda que mostraba niveles de hemoglobina por debajo de los que se consideran críticos. Podía morir de una parada cardíaca en cualquier momento. Es más, se preguntaban cómo podía seguir vivo. Procedieron a transfundirle dos bolsas de sangre, a la vez que él telefoneaba a Laura para pedirle que acudiera al hospital en cuanto fuera posible.

Estuvo aislado en una habitación durante el primer mes para recibir tratamientos con radio y quimioterapia que pudiesen controlar la enfermedad. El aislamiento se lleva a cabo porque las mismas terapias destinadas a controlar las células cancerígenas también hacen desaparecer las células de producción de la sangre que se encuentran protegidas en la médula de los huesos, lo que reduce el nivel de defensas corporales al mínimo. En medicina se denomina *aplasia,* cuando la médula ósea deja de producir células sanguíneas. El estado de incomodidad física es difícil de definir, las sustancias tóxicas inyectadas en las venas provocan diarrea, náuseas y vómitos. Todo ello hizo que Antonio se sintiese como un extraño en su propio cuerpo.

Al principio pensó que no iba a poder sobrellevar el dolor, pronto entendió que la capacidad de soportar el sufrimiento es algo que se logra aprender y que, aunque parezca que se trata de aguantar físicamente, es la mente la que lleva las riendas. Las noches eran más largas que los días, parecía que no pasaba el tiempo entre los controles de enfermería: cada tres horas cuando las cosas iban bien, y de forma casi continua si surgían complicaciones. Aparecieron algunas que añadieron fiebre y molestias a lo que ya estaba padeciendo, las enfermeras le explicaron que era lo normal. Lo importante era encontrar la forma de sobrellevar el dolor en la situación actual y de pensar en positivo en el futuro.

Lo que más le ayudó durante los períodos de sufrimiento fue pensar en su pareja y en su hija. También en la pintura. Con ellas mantenía teleconferencias a través del ordenador, y de forma puntual permitían a Laura ir a visitarle a su pequeña burbuja clínica. La niña se había hecho mayor y le habían explicado que su padre estaba malito y que pronto iba a curarse; había que darle muchos ánimos, hacerle reír contando anécdotas divertidas y tener paciencia pensando que pronto estaría de vuelta en casa. Había perdido el pelo y estaba muy delgado, pero eso era algo pasajero y en cuestión de meses volvería a ser el mismo de siempre.

En una de sus visitas, Laura se mostró nerviosa, se frotaba las manos como si el acrílico de la bata de hospital le diese dentera y, mezclando sus palabras con el ruido producido por el roce de la tela, le informó de que estaba embarazada. Una vez celebrada la noticia hicieron los cálculos: debía ser la consecuencia de una noche que habían pasado los dos cenando en una terraza al aire libre a comienzos del verano. Fue unas tres semanas antes de que le ingresaran y ambos la recordaban de forma especial. Su hija estaba ese fin de semana en casa de unos amigos, y se habían reencontrado en un sexo pausado y cariñoso.

La noticia animó mucho a Antonio, en uno de los momentos más difíciles que siguen a la quimioterapia, fue como una inyección de fuerza moral para aguantar hasta el final del tratamiento.

Pensar en la pintura le ayudaba enormemente. Intentaba averiguar cómo representar el dolor y el alivio que le sigue, los delirios que tenía durante los momentos febriles, las imágenes oníricas que se sucedían puntuales a las inyecciones de morfina. Cuando estaba despejado, esbozaba dibujos en un bloc para ilustraciones, componiendo formas e ideando colores con una caja de pasteles que Laura le había llevado.

Abandonó completamente las redes sociales y los mensajes de trabajo pronto dejaron de ser importantes, ya que se habían juntado su baja laboral y el final de curso. En esas condiciones podía dedicarse a pensar en lo que quisiera, a imaginar sin barreras. No dejaba de resultar paradójico que, estando encerrado en una habitación, logró sentir que se ampliaba su horizonte, que desconectarse de las rutinas banales le permitía recuperar su tiempo y, a la vez, el espacio en el que su mente era libre.

Todas las mañanas, después de las 6:30, cuando pasaba el último turno de enfermería a registrar sus constantes, cerraba los ojos y dedicaba un rato a la meditación. Primero se concentraba en la respiración, sintiendo la inspiración y expiración del aire por la boca y nariz. A continuación, relajaba todos sus músculos, imaginando un velo que se iba alzando desde los pies y lentamente descubría todo su cuerpo. Después repasaba sus maltrechos miembros para sentir la sangre palpitando a través de sus venas. Bum, bum, bum. Cuando el pálpito llegaba a su cabeza, observaba sus pensamientos circulando frente a él y eligiendo un recuerdo agradable se dejaba llevar como si estuviese libre, fuera del hospital. Así voló sobre playas mediterráneas, recobró excursiones en frondosas montañas y revivió coloridos atardeceres inacabables, que le daban fuerzas para empezar otro día entre las paredes de su habitación.

Para Laura reorganizar su día a día no fue fácil. Tuvo que asumir todas las tareas domésticas que ya no podía compartir, sobre todo cuidar de su hija, que acostumbraba a pasar mucho tiempo con Antonio. Con la llegada del verano la envió a un campamento urbano en el que pasaba buena parte del día, aun así, había que ir a recogerla a media tarde y mantenerla ocupada hasta la hora de dormir.

Laura seguía con la academia y el grupo de interpretación. Mantener la cabeza centrada en la preparación del estreno de la obra era su prioridad. Mientras que el embarazo se lo permitiese, no quería perderse ningún ensayo. Sin embargo, sumaba a sus ocupaciones las visitas al hospital y, a sus preocupaciones, el variable estado de ánimo de Antonio y las noticias cambiantes. Unos días mostraba síntomas de mejora que les hacía ilusionarse, mientras que en otros aparecía algún desagradable contratiempo.

Al cabo de un mes ingresado lo enviaron a casa, propiciando una situación insostenible que pronto se tradujo en frustración. Al hecho de que físicamente se encontraba débil, completamente dependiente, se sumaban las fiebres que sufría. Se disparaba la temperatura en cualquier momento y había que correr a urgencias.

Optaron por ingresarlo de nuevo para un segundo ciclo de quimioterapia, algo más leve y necesario para controlar la enfermedad. En conjunto, los médicos estaban satisfechos y consideraban que evolucionaba bien, el primer envite de la leucemia se detuvo a tiempo. Se habían logrado los objetivos previstos con los primeros tratamientos: los niveles de células cancerígenas en sangre reducidos considerablemente y la extensión a otros órganos vitales controlada.

A estas alturas, habían realizado un análisis genético y ya conocían las mutaciones causantes de su enfermedad, podían hacer un diagnóstico más personalizado. La leucemia se clasificó como aguda y agresiva, iba a volver a atacar en los próximos meses y no iba a ser fácil de controlar con radio o quimioterapia. Podían vigilarla e intentar mantenerla en unos niveles tolerables durante algunos meses, pero convertirla en crónica parecía imposible, lo más probable es que volviese después con las células cancerígenas aprendidas y más agresivas.

La solución que le propusieron fue un trasplante de médula ósea, o, dicho más correctamente, de células madre productoras de sangre. Debido a las características de su leucemia, habían acelerado el proceso de búsqueda de un donante y solicitud de autorización para el trasplante. Hubo que acompañarlo de un informe completo que detallaba su situación y de pruebas para certificar el buen estado del resto de sus órganos. Tras la incertidumbre inicial, se localizó un donante en Reino Unido y fue aprobado el injerto por la Comisión Regional. Conocía los riesgos de estas intervenciones y tuvo miedo, albergaba dudas, sabía que el proceso era largo y doloroso, que podía surgir rechazo al trasplante, incluso producirse la muerte del paciente. Finalmente, siguió los consejos de todo su equipo médico y decidió que una nueva médula bien valía cambiar unas tapas de aperitivo por el té de las cinco.

El trasplante fue más duro que los tratamientos anteriores; aislamiento durante cinco semanas en una pequeña habitación después de una quimioterapia para matar a su médula ósea original y elevadas dosis de morfina para ayudar a sobrellevar el dolor físico.

En esta ocasión había ingresado bien pertrechado, le acompañaba su bloc de notas y el cuaderno para ilustraciones, además de los pasteles y útiles de dibujo se trajo una colección de tintas, porque esperaba que le permitiesen reflejar mejor algunas de las imágenes que pasaban por su cabeza. Aprovechaba los momentos esporádicos en los que se encontraba bien para dedicarlos a pintar, los malos los aguantaba estoicamente pensando que pasarían.

Hubo una fase muy difícil acompañada de una septicemia, infección bacteriana en la sangre de carácter grave, que lo dejó malogrado y durante la que llegaron a temer por su vida. En ese momento dejó de pintar, y ya no pudo retomarlo durante toda la estancia hospitalaria. Le temblaba el pulso y le costaba sujetar el lápiz con la mano. Ahora que su ánimo estaba alicaído se le escapaba el consuelo que le aportaba la pintura, las desgracias vienen siempre acompañadas. La septicemia le dejó postrado y con delirios, sabía que tenía que aguantar, pensaba en las cosas buenas que le esperaban a la salida de esta batalla, y eliminaba los pensamientos pesimistas, como el restaurador retira incansable las capas de viejo barniz de un cuadro.

Cuando era posible Laura le visitaba, envuelta en esas prendas acrílicas de hospital para evitar que introdujese gérmenes del exterior, se instalaba en una silla alejada de la cama manteniendo una distancia de seguridad. Esas condiciones de separación y forzoso alejamiento fueron una dura prueba que les unió aún más. Hablaban sobre todo de sus recuerdos y de su hija, nunca del futuro, porque les parecía deshonesto hacer planes en esas circunstancias. Es curioso como el sexo es corolario de la atracción física, pero es la palabra la que afianza el amor.

Recordaban aquella fría noche del cuartel de zapadores en la que, abrazados bajo el halo de la luna, se comprometieron para un futuro común. Revivían los años de evolución de su hija, como había pasado de tropezar patinando por el pasillo a hacer piruetas sobre su tabla de monopatín en el circuito del parque.

Cuando Laura abandonaba la habitación se iba triste, dejándole solo en su sufrimiento, sin saber cómo ayudar; sin embargo, Antonio, con cada una de esas visitas, recargaba sus baterías para afrontar los imprevisibles sobresaltos que le aguardaban. Volvía a su meditación cada mañana, a recrearse en sus recuerdos más agradables, a observar cómo su mente ordenaba sus pensamientos positivos. Evocaba sus memorias, sobre ellas construía su presente.

Antonio fue recuperando fuerzas poco a poco. Los médicos eran optimistas y le animaron a pensar que se estaba acercando al final del túnel, la salida de esa primera fase de la curación ya estaba cerca.

Cuando se duchaba miraba su cuerpo y le hacía pensar en las ilustraciones de los orfanatos de la posguerra. Su masa muscular era casi imperceptible, sufría mareos y calambres al intentar ponerse de pie para hacer ejercicio. Consciente de que mantener su forma física a un mínimo nivel era importante, empleaba las escasas fuerzas que le quedaban en hacer movimientos en la cama para evitar lesiones en las regiones lumbares y cervicales.

No le quedaba energía para pintar u organizar sus útiles, ni siquiera para sujetar los pinceles con la mano temblorosa; no obstante, seguía jugando con las imágenes en su cabeza durante los períodos de duermevela, y en los breves momentos en los que se encontraba despejado tomaba notas en su cuaderno, que descansaba en la mesilla de noche.

Le dieron de alta en el hospital un luminoso día de principios de otoño. Una suave brisa acarició su cara al cruzar las puertas de cristal que llevaban a la calle y en su rostro apareció una tenue sonrisa oculta bajo la mascarilla protectora que estaba obligado a llevar. Tras esa primera satisfacción, pronto tuvo que moderar su optimismo, al ver cómo las pequeñas limitaciones se convertían en impedimentos difíciles de sortear. Llegar andando al taxi fue una odisea, y subir a su piso una pelea, a pesar de tener el apoyo de un asistente que le acompañaba. Sentado en el sofá del salón estaba tranquilo, pero en cuanto intentaba levantarse sentía que las piernas no sujetaban su peso, perdía el equilibrio y buscaba apoyo para impedir la inevitable caída.

Intentaba aparentar normalidad ante su hija, sin embargo, la niña se daba cuenta del frágil estado de su padre, y se prestaba a cuidarle tan diligentemente como las enfermeras del hospital; le traía un vaso de agua, le acercaba el bastón o un libro. A Antonio le invadía una sensación de inutilidad que se acrecentaba al ver a Laura, ya embarazada de cinco meses, teniendo que cargar con todas las labores del hogar, además de cuidarle. Se sentía como un estorbo, y fueron varias las ocasiones en las que deseó haberse quedado ingresado en el hospital, donde al menos no era un peso para nadie. La recuperación iba a ser lenta y larga, las mejoras llegarían poco a poco, así que se avecinaban unos meses en los que tendrían que armarse de mucha paciencia.

No era solo impresión de Antonio, efectivamente, Laura estaba agobiada. Después de dar a luz a su primera hija, le había costado organizar sus horarios para compatibilizar la maternidad con su incipiente actividad profesional, y ahora que parecía que conseguía montar algún proyecto atractivo, iba a ser difícil sacarlo adelante. Haciendo un análisis realista veía imposible poder llevar a cabo el estreno antes de dar a luz. No era tanto el estar embarazada, si no surgía ningún problema planeaba estar activa hasta el último día, tal y como lo había hecho en el primer embarazo. Era muy consciente de las limitaciones que suponía durante los primeros meses y contaba con la ayuda que le aportarían sus compañeras. Era más bien la sensación de sentirse sola, de haber caído en la trampa en la que cayeron las mujeres de la generación de su madre: sacrificar su vida personal por la del conjunto de la familia. Siempre había pensado en la pareja como un proyecto compartido de vida, y creía haber escogido a un hombre con quien poder realizarlo. Esta maldita enfermedad venía dispuesta a arrebatarle sus planes, y ella poco podía hacer, si no quería quedar como una desaprensiva egoísta.

Antonio, salvo dos veces por semana que visitaba el hospital para los controles clínicos, disponía de todo el día para su recuperación. La prioridad eran los ejercicios físicos para lograr independencia de movimientos, una cuestión de perseverancia que lograba gracias a su motivación. Cada día, sobre una colchoneta, hacia tablas de abdominales y ejercicios de espalda; sentadillas y flexiones para fortalecer las piernas; usaba pesas y cintas para desarrollar un mínimo de musculatura en brazos y pecho. Salía a los escalones del portal de su casa y primero los bajaba, después los subía. Uno, dos, tres, hasta ocho peldaños hacia abajo apoyándose en la pared para no caerse. Uno, dos, tres, hasta ocho hacia arriba agarrado al pasamanos.

Al cabo de un mes era capaz de ir a comprar el pan, avanzando por la calle lentamente sujetaba la barra con orgullo y satisfacción. En las siguientes semanas fue alcanzando nuevas metas, logró hacer la compra solo, llevaba mascarilla en el supermercado, descansaba en un banco a medio camino y volvía a casa con carrito y bolsas. Por fin empezó a acompañar a su hija al colegio, daba la mano a la niña, que sentía que estaba protegiendo a su padre. La recogía por la tarde y caminaban juntos a casa, mientras hablaban de las cosas que ocurrían en la escuela.

Comer resultaba difícil al principio, y cocinar era imposible, los olores le producían náuseas y vomitaba al acercarse a la comida. Poco a poco fue aumentando la tolerancia, primero a los alimentos más sencillos, después a una gama más amplia. Su objetivo era reemplazar a Laura como cocinera. Al cabo de dos meses tomó el relevo, con ello se encargaba de la intendencia completa de la casa, pensaba los menús semanales, compraba lo necesario, y lo cocinaba. Todos estos logros cotidianos acrecentaban su confianza en estar recuperando su vida y haciendo más llevadera la de Laura. Lo hacía de forma lenta y calmada, con largas siestas al mediodía en las que dormía profundamente.

También se dedicó a leer libros que tenía en la lista de espera. Hacía frecuentes visitas a la biblioteca para tomar prestados viejos títulos que tenía pendientes, como si hubiesen estado esperando en los anaqueles este momento. Su relación con las redes sociales la redujo al mínimo, lo justo para enviar mensajes a los más próximos sobre los progresos de su salud.

Al igual que había sentido placer en recuperar su forma física y en realizar las tareas cotidianas domésticas, lo experimentó al recobrar el control de su tiempo, al regocijarse pensando en nada o al releer un libro, mientras disfrutaba de un buen café. Y en esa calma anodina parecía que su mente iba ganando capacidad para detenerse y profundizar en la esencia de las cosas. Su capacidad de observar se fue ampliando, apreciaba colores y formas diferentes. Dejaba su mente inactiva, en estado de contemplación, y se deleitaba en la calma de la espera. Lentamente llegaban imágenes que, solas, se iban organizando y Antonio, mero observador, se recreaba en su contemplación.

Un mediodía del invierno madrileño se acercó al ventanal de la habitación adicional y dejó que aquel mar de luz, colores y formas entrase en su retina e invadiese las sensaciones ópticas de su cerebro. Las hileras de tejas árabes dibujaban planos entrecruzados según la lejanía y la orientación de los tejados, como pliegues de un vestido adaptado a las figuras que oculta. Al fondo, en un lateral, una corrala destacaba dos alturas sobre el resto de los edificios mostrando sus pasillos comunes. Puertas de viviendas separadas por vigas de madera, tramoya teatral en la que deambulaban dos personas y fumaba otra apoyada sobre la barandilla. Enfrente, la ropa tendida secada al sol colgaba de tres balcones, suficiente para añadir una nota de color y movimiento, de contraste con la quietud de la vista. Presidiendo el conjunto sobresalía una cúpula, destacada sobre el cielo de un azul intenso, con sus escamas de pizarra bajo la linterna resbalando a los laterales. Negras, violetas o grises según el ángulo de caída.

Antonio experimentaba con una nueva sensibilidad después de la enfermedad, era como si se hubiese borrado toda aquella capa difusa, neblinosa, de la búsqueda de la fama, de la necesidad de impresionar a los demás, de estar presente en los foros sociales. Y al retirarse la niebla aparecía una tabla rasa, receptora de los nimios detalles, de las sutiles huellas que en el aire dejaba el movimiento, del binomio único que los colores y las formas crean en cada instante. Tomó un carboncillo en su débil mano derecha y, sobre el lienzo, trazó con decisión la composición de su próximo cuadro, no dudó un momento; aceptó con plena confianza lo que iba creando, sin prisas, sobre la tela.

Aquella tarde preparó sus útiles, revisó los pinceles, limpió las brochas, verificó los tubos de óleo y examinó algunos nuevos que le habían regalado. Con la luz de la mañana volvió a acercarse al cuadro esbozado, posando los pinceles y los colores con una satisfacción primitiva. Era como si supiese en cada momento el matiz que tenía que dar, lo buscaba en la paleta sin prisas, con deleite, y confirmaba complacido que había logrado expresar lo que quería plasmar. Como Monet dando vueltas al estanque y los nenúfares en su retiro de Giverny, Antonio giraba en torno a la luz y al movimiento de su terraza urbana. Había conseguido lo que tanto tiempo había buscado: utilizar la pintura para expresar la unión de sentimientos y pensamientos que se escapa a la representación y que, cuando se captura de forma tangible, nos deja la indudable certeza de haberlo logrado.

Los días siguientes, pintó siempre que tenía tiempo entre su dedicación a las tareas de la casa y el cuidado de su hija, mañana y tarde. La habitación adicional, convertida en estudio, se llenó de dibujos y de cuadros. Experimentó con formas y materiales que antes nunca osó utilizar, rebuscaba entre el equilibrio de colores que le permitían nuevas formas de expresión. Conseguía expresar todo aquello que había ido generando en su interior durante la enfermedad. La memoria del dolor y la incertidumbre le recordaban la fragilidad de la vida y el placer de disfrutar de cada momento. Sus cuadros evocaban la resiliencia de su lucha para salir adelante, y pronto evolucionaron para reflejar la complejidad de las emociones humanas, no solo ante la enfermedad, sino ante las situaciones difíciles por las que muchas personas atraviesan en el día a día.

Una tarde volvía Laura de su ensayo teatral que la tenía absorbida durante los últimos meses. La pieza que estaba dirigiendo comenzaría a representarse en unas semanas, tras mucho esfuerzo iba a ser posible estrenarla antes de que naciera el bebé. Quería estar en la inauguración y presenciar las primeras funciones para después tomar su baja y dejar que la compañía rodase sola. Haberse liberado de buena parte de las cargas de la casa había sido de gran ayuda para avanzar en la obra y, si no surgían imprevistos, podrían cumplir con lo planificado. Necesitaba unas semanas para pulir algunos detalles y darle un último empujón, después ya iría viendo cómo organizarse. Abrió la puerta, dejó el abrigo y avanzó lentamente hacia el salón, dejando que su cabeza tornara hacia asuntos domésticos.

Antonio se acercó a ella. Vestía una vieja camisa manchada y unos pantalones rotos que hacía mucho su pareja no le había visto puestos. Laura se alegró, había estado preocupada, porque no estaba segura de que Antonio pudiera recuperar su afición por el arte, y ambas prendas eran síntoma inequívoco de que estaba enredando con los útiles de pintura.

Le ofreció un té y se sentaron juntos en la cocina, la

niña estaba en un cumpleaños y disponían de tiempo para hablar.

—He comenzado a pintar —le reveló Antonio dubitativo—. Ahora pinto de forma diferente. Me recuerda a cuando era adolescente y me dejaba llevar por la inspiración momentánea. Plasmo lo que quiero expresar en el lienzo con sencillez y firmeza —se animaba su voz al hablar—, como si la travesía por el dolor corporal y el sufrimiento mental hubiesen destilado, despacio, la forma de expresarme con un estilo propio. Como si la impotencia física y la debilidad, la desconexión del mundo externo, me hubiesen empujado a enfocarme en mi mismo.

Le miraba receptiva, con cariño, sintiendo que necesitaba ser escuchado. Hacía tiempo que observaba cómo se encerraba en su mundo, en sus pequeñas tareas. Su hija lo agradecía, estaba centrada en sus actividades y feliz con sus amigas. La comida en casa era mucho mejor, unas lentejas fantásticas y las verduras en su punto, como preparadas por un auténtico cocinero. Pero ya era hora de salir de la cueva, de expresar lo que había experimentado.

—Estoy decidido a volver a pintar —le dijo Antonio, cerrando sus puños con determinación—, pediré una excedencia laboral, a la vez me encargaré de los niños para que tú puedas seguir con tu trabajo. Cambiaré los pañales al bebé y le enjugaré la nariz[5], acompañaré a la niña al colegio y haré con ella los deberes. Solo te pido que cuando acabe con las labores domésticas me dejes en mi estudio a solas. Me permitas aislarme en mi locura creativa.

Laura se levantó y entró en el estudio, miró los esbozos pinchados en la pared y dos cuadros apoyados en un rincón que le llamaron la atención. Rodeó el sucio caballete emplazado en un rincón y entornó la contraventana para poder observar a la luz del atardecer un gran cuadro. Mientras lo admiraba levantó la cabeza y vio el brillo en los ojos de Antonio, el cuadro era genial y la mirada indecisa pedía su apoyo para poder continuar.

Avanzó despacio hacia él y, con un gesto suave y determinado, le tomó entre sus brazos acogedores. En contraste con el abrazo de la quimera, este era el de la realidad, acompañada de sus limitaciones y sus sueños, de su ley de la gravedad. Así les sorprendió la noche y al separar las cabezas, próximas a la ventana, volvieron a ver resplandeciente la aureola lunar.

III

Quimeras humanas

«Quimeras médicas o humanas» es el término que corresponde a una persona cuyo organismo está compuesto por órganos de dos entidades diferentes. Por lo tanto, engloba a todas las personas vivas que tienen trasplantado alguno de sus órganos vitales –lo que incluye trasplantes de médula ósea– o alguno de sus miembros. Según los últimos datos que he consultado[7], basados en las organizaciones nacionales de trasplantes, en España se realizan más de 6.000 trasplantes de órganos al año, y en el mundo nos acercamos a los 160.000. Los más habituales son los de riñón, se incluyen también los de hígado, pulmón y corazón. A estos habría que añadir los de médula ósea alogénicos, es decir, aquellos en los que las células madre trasplantadas provienen de un donante distinto del paciente receptor, que son unos 1.300 anuales en España[6] y en torno a 40.000 en el mundo[9].

En líneas generales, la cantidad de trasplantes ha aumentado en torno al 8 % en los últimos años. Es difícil saber si es un efecto pospandemia ligado a la disminución que hubo durante la COVID-19, o si es una

tendencia firme. En cualquier caso, mi intención no es
ofrecer una revisión rigurosa de cifras pues, en ocasiones, varían dependiendo de las fuentes, sino mostrar
que, en breve, el número de nuevas quimeras humanas
en el mundo será cercano a los 200.000 por año[7]. Es
un porcentaje bajo de la población, pero se trata de un
número nada despreciable. Podemos afirmar que el XXI
es el siglo de las quimeras.

Como he comentado, a las quimeras humanas nos
une haber pasado por una situación de salud delicada
en la que, por una parte, hemos sentido miedo a perder
la vida y, por otra, un dolor profundo en el proceso de
curación. Confío en que ambos sentimientos disminuyan para los trasplantados en el futuro. Los avances
médicos están permitiendo reducir los riesgos durante
el proceso y quizás se logre que las dolencias sean más
tolerables, inevitables hoy por hoy.

Hay otras apreciaciones que son comunes al quimerismo. Por un lado, eres consciente de que tu vida
proviene del acto de generosidad del o de la donante.
Puede ser de un familiar cercano y conocido, como ocurre en algunos trasplantes de riñón o de médula ósea,
sin embargo, en la gran mayoría de los casos se trata de
donaciones anónimas y desinteresadas. Algunas están
hechas en vida; la persona sana deja firmado un testamento vital en el que dona sus órganos para el beneficio de los demás. Otras donaciones son consentidas por
los familiares en el lecho de muerte tras un accidente.
En España, hasta un 86 % de los familiares autorizan
el uso de órganos de un ser querido para trasplantes
después de un accidente mortal[8]. Que aquellos órganos que van a dejar de ser funcionales en la persona
que nos abandona puedan salvar o facilitar la vida a

un desconocido es un acto de generosidad emocionante. Nos habla sobre la bondad de la esencia humana, nos reconcilia con nuestra cuestionada especie. Parece que cuando nos lo proponemos somos un *Homo sapiens* que sabe priorizar el bien de la humanidad.

Por otro lado, eres el resultado del conocimiento acumulado por la medicina. Los primeros trasplantes comenzaron de forma experimental a mediados del siglo XX, y no sería hasta finales del siglo cuando se comenzaron a alcanzar tasas elevadas de supervivencia de larga duración. Así, se abrió la puerta a que se extendiesen este tipo de terapias a muchos países y a un amplio espectro de la población. Los avances del conocimiento se han producido lentamente y siguen haciéndolo, requiriendo los esfuerzos de miles de investigadores en el mundo y la financiación necesaria.

La creación de asociaciones nacionales e internacionales organizadoras de la recogida de órganos y bancos de células madre ha jugado un papel fundamental en el intercambio y en la lucha contra la incompatibilidad de órganos. Tan importante como la labor de los equipos sanitarios en contacto directo con los pacientes, que se merecen un reconocimiento particular. ¿Cómo no sentirse en deuda con todos aquellos que han permitido que los trasplantes sean una realidad viable? Cualquier quimera humana es consciente de lo que debe, y tiene el sentimiento de que hay algo que devolver al resto de la sociedad, aunque muchas veces no sepa cómo hacerlo.

Como corresponde a las quimeras, en las humanas está incluida su fragilidad, el riesgo a que se rompan y dejen de ser funcionales. En las fases iniciales se produce el rechazo del órgano injertado contra el nuevo organismo que lo acoge, lo que comúnmente se conoce como la enfermedad injerto contra huésped. Son las células del donante las que identifican a las del receptor como extrañas y activan su sistema inmunitario para destruirlas. En ocasiones, puede ser también el organismo receptor el que rechaza el nuevo órgano injertado.

Durante décadas, esta era una de las razones principales para hacer inviables los trasplantes, hoy en día se han conseguido mitigar mediante fármacos que controlan el sistema inmune. Los rechazos requieren un seguimiento individualizado de cada paciente y, en muchos casos, se reducen a reacciones dermatológicas, alteraciones del sistema digestivo o momentos febriles que se producen durante los primeros cien días después del trasplante. Por supuesto, pueden surgir complicaciones mucho más graves, y es necesario hacer un seguimiento cercano de todos los casos. De hecho, no es descartable el fallo completo, y que se produzca bien una reaparición de la enfermedad original o bien la muerte del paciente.

En los trasplantes de médula ósea se obtiene una recuperación muy lenta del sistema inmune, lo que puede dar lugar al desarrollo de todo tipo de infecciones a corto y largo plazo; en los de órganos, no se puede descartar un rechazo absoluto. La curación se considera total a los cinco años de la intervención, y siempre queda la mácula, real o imaginaria, de que nos vuelva a ocurrir.

Es común que los médicos nos digan que un trasplante suele ir acompañado de un proceso de envejecimiento; el organismo sufre situaciones difíciles que suelen dejar huella y la mente pasea por caminos reflexivos a los que no está acostumbrada. Este envejecimiento es más marcado en los adultos que en los jóvenes, y en ambos se traduce en una experiencia única, que afectará a cómo enfrentemos la vida a partir de ese momento.

¿Cuál es esa nueva forma de afrontar la vida? No creo que haya una respuesta única. Cada individuo deberá encontrar la suya propia sobre las bases de generosidad, fragilidad y vulnerabilidad. Sí me atrevo a afirmar que las quimeras pueden tener un papel relevante en la sociedad actual, caracterizada por la premura del tiempo, el exceso de información o la tecnología apabullante reductora de la persona. El rol de las quimeras puede ser renovar un humanismo vitalista, caracterizado por recuperar los valores esenciales del ser humano. Aprovechar el tiempo que la curación nos regala para reflexionar sobre cómo devolver nuestra deuda e intentar que, al renacer, no cometamos los errores del pasado.

El futuro nos otorga la posibilidad de que surjan quimeras más sofisticadas, y más extrañas, que permitirán salvar la vida de muchas personas. Me refiero a los trasplantes de órganos de animales a seres humanos. En concreto, el cerdo común es el animal con mayor potencial como donante, por su gran similitud orgánica con nuestra especie. Para algunas creencias y religiones, este tipo de intercambio de órganos entre diferentes especies produce aversión, como también la causan los trasplantes de cualquier órgano o miembro entre cuerpos humanos diferentes. Nos encontramos de nuevo con esa repulsa hacia la quimera por lo que tiene de extraño y misterioso. Pervive ese rechazo hacia lo que nos cuesta comprender.

Quizá en el fondo de este reto quimérico se encuentra la aceptación de personas diferentes en el seno de la sociedad, y no me refiero solo a las quimeras médicas, sino a las distintas formas de pensar y ver la realidad. ¿Qué es el progreso colectivo? Admitir las diferencias, crear una sociedad variada en la que tengan cabida las personas distintas que la componen. Ese es el humanismo vitalista al que pueden contribuir las nuevas quimeras médicas, el que busca incluir la diversidad de género, de raza o de creencias, ya que lo que es relevante de verdad es la esencia del ser humano.

Como ya sabemos, la combinación de las realidades es una debilidad, y siempre existe el riesgo de que las quimeras se rompan y dejen de ser funcionales. Por eso no han sobrevivido las sociedades quiméricas, por eso son sueños imposibles de hacerse realidad, por eso las quimeras humanas se han considerado irrealizables durante tantos siglos.

Cómo conseguir que las quimeras sean viables en el tiempo es un reto que todavía no tiene respuesta. Requiere de una participación activa para minimizar los rechazos, y, aunque la medicina actual ha logrado que puedan solucionarse en muchas ocasiones, también las hay fallidas.

Complicaciones

Antes de entrar al quirófano ya sabía que las probabilidades de supervivencia después de un injerto de pulmón son bajas, comparadas con las de otros trasplantes. Mis médicos me lo explicaron como merecía una compañera profesional, con cifras estadísticas generales –que, a grandes rasgos, ya conocía– y adaptadas a mi caso, particularmente complicado. Estaba preparada para una convalecencia lenta y difícil, la recuperación podría no ser total.

Hay gente que cree que los médicos no padecemos enfermedades y, en caso de hacerlo, que sufrimos menos. Nada más alejado de la realidad. En condiciones normales, enfermamos tanto como el resto de la gente y, si se dan condiciones epidémicas, lo normal es que nos contagiemos más, debido a una mayor exposición. Lo curioso es que, cuando enfermamos, somos más reacios a reconocerlo, nos cuesta conjugar el doble papel de médico y paciente. Ante síntomas leves es frecuente que nos apoyemos en el autodiagnóstico y la automedicación, nos negamos a admitir que estamos enfermos, y seguimos yendo a trabajar empujados por la obligación.

Si parece que el malestar se complica, aprovechamos un café o un momento de descanso para hacer una consulta entre pasillos a un colega. Es decir, estamos lejos de ser un ejemplo de seguimiento patológico.

A nuestro favor podemos resaltar que analizamos la enfermedad de forma racional, disponemos de conocimientos para entender los procesos por los que estamos pasando y prever hacia dónde pueden evolucionar. No hay que sobreestimar esta capacidad, ya que en muchas ocasiones la ignorancia puede ser aconsejable, sobre todo si el paciente se encuentra en buenas manos y está dispuesto a seguir las recomendaciones de un equipo médico.

En mi caso jugué mucho a esta segunda baza y me dejé tratar dócilmente. Es cierto que hubo ocasiones en las que mantuve discusiones con mis compañeros de trabajo, no tanto por defender un punto de vista diferente, sino por comprender mejor lo que me estaba ocurriendo. La evolución de la enfermedad fue rápida, perdía facultades en cuestión de días, me quedaba confundida, desconcertada.

Desde que fui consciente de que mi vida corría peligro y comencé a padecer un profundo sufrimiento físico, se despertó en mí un fuerte deseo de escribir, de donde vienen estas páginas. No sé explicar a qué respondía, podría ser la necesidad de dejar plasmada una experiencia única que me estaba sometiendo a pruebas extremas. Podría ser el deseo de dejar un recuerdo para mis seres queridos y para otras personas que vayan a pasar por este tipo de situación, incluso podría ser el anhelo de dejar para mí misma una huella firme que esquivase el odioso olvido de mi frágil memoria. Aún hoy no lo sé. Puede deberse a que siento de cerca el riesgo de morir o de quedar muy limitada para el resto de mis días, y me revelo ante ello a través de estas notas. O, de forma más sencilla y directa, podría tratarse de aprovechar la capacidad terapéutica de la literatura. Entiéndase bien, de la literatura como acto egoísta de escribir, de redactar para una misma, de dejar que los sentimientos y los pensamientos expresados sobre las páginas blancas ayuden a curar al enfermo, como en pintura los colores y las formas trazados por el pincel. Por lo tanto, si leen estas anotaciones no esperen perfección académica, no busquen sofisticada retórica ni refinado estilo, déjense llevar por el pulso irregular de una voz ansiosa de expresarse.

Soy de estatura más bien bajita, mido 1,58 metros para ser exactos, y de peso muy ajustado, de hecho, tengo un tipo muy proporcionado que he mantenido toda mi vida. Mi cara es de niña lista, tengo unos ojos muy vivos color castaño que mis novios siempre han dicho que parece que echan chispitas; la frente grande y despejada; las cejas finas señalan el camino a una nariz y boca elegantes sobre una mandíbula bien dibujada y quizá excesivamente marcada. Es decir, soy guapa de cara sin tener unos rasgos espectaculares y hasta hoy, que ya he pasado los cincuenta años, he mantenido una expresión juvenil, viva e inteligente. Tengo también algunos defectos, tanto físicos como de carácter, que no los voy a contar en estas páginas, porque no es cuestión de echarme tierra por encima.

He querido ser médica desde que era muy jovencita. En mi familia había un doctor, el hermano de mi abuelo, al que observaba con admiración. Era un señor muy grande con barba, amable y que nos hablaba a los niños como si fuésemos adultos, siempre con mucho sentido del humor. Participaba poco en las discusiones acaloradas de las sobremesas familiares, cuando lo hacía era con tono pausado y todos callaban para escucharlo. Su aportación calmaba la conversación y en muchas ocasiones la encauzaba desde derroteros pasionales hacia coloquios razonables.

Un verano que estábamos en la piscina, un grupo de chicos rescató entre aspavientos a un niño dos años menor que yo. Se estaba ahogando y había perdido el conocimiento. En aquellos tiempos no había socorristas en las piscinas, por lo que mi tío abuelo tuvo que abrirse paso entre la algarabía de gente para acercarse. Tumbó al niño bocarriba y comenzó a mover sus brazos, como no reaccionaba colocó sus nudosas manos en la base del esternón y presionó con fuerza repetidas veces en el pecho, hasta que finalmente consiguió que expulsase agua por la boca y comenzase a respirar. Me quedé fascinada por la tranquilidad y determinación con la que actuó, sabía en cada momento los movimientos que tenía que hacer en medio de tantos gritos, lloros y alharacas. Si podía elegir mi papel en una situación parecida, quería ser la calma que contrasta en el caos. Por eso, cuando me preguntaban por qué quería estudiar medicina, les contestaba, «porque me gusta curar a la gente».

Recuerdo mis años en la carrera como un período de intenso estudio y retiro casi monacal en el que me sumergí en libros adquiriendo conocimientos que, ocasionalmente, aplicábamos en seminarios prácticos. Hay algo extraño en ese período inicial en el que se educa al conjunto de estudiantes a pensar y analizar, siguiendo unos mismos patrones, como si el ideal de un colectivo profesional que desea avanzar en un servicio a la sociedad fuese una bandada de estorninos moviéndose de forma sincronizada. En la realidad humana aparecen muchos elementos disonantes, individuos con sus peculiaridades que impedirían a la bandada de aves formar sus extravagantes figuras, pero que permiten a la profesión progresar en su conjunto. Me adapté bien a esa combinación entre la uniformidad del cuerpo médico al que íbamos perteneciendo y la particularidad de sus componentes, no me importaba sacrificar una parte relevante de mi dedicación, si después me quedaba tiempo para avanzar en los temas en los que quería destacar personalmente.

Después llegó la especialización, debido a mis buenas calificaciones pude elegir la que más me gustaba, hematología, y realizarla en un excelente hospital de Madrid. Estuve cuatro años en la planta de oncología y hematología, atendiendo pacientes en las más variadas condiciones, todos conviviendo con enfermedades difíciles de asumir y comprender. Algunos de carácter muy decidido lo tomaban como una lucha, una pelea entre dos gallos, el paciente y el cáncer, enfrentados en un único organismo.

Otros, que ya habían pasado por alguna recaída después de tener resultados ilusionantes iniciales, lo sobrellevaban con mayor resignación, adaptándose a las limitaciones y sin perder la esperanza. Recuerdo a Ramón, sufría sarcomas recurrentes en los huesos, que habían limitado la movilidad de sus piernas. Después de seis meses de régimen ambulatorio fue ingresado en el hospital para un intento final de curación, poco antes de la intervención una bacteria hospitalaria desarrollada en sus pulmones obligó a detener el tratamiento. Había que retroceder a la casilla de partida y buscar una estrategia alternativa para afrontar la enfermedad. ¡Qué difícil de asumir y con que entereza lo hacía! Antiguo conserje en un hotel de dos estrellas, pasaba las tardes aprendiendo inglés en una aplicación del móvil, asignatura pendiente que le facilitaría viajar en un improbable futuro.

También estaban los novatos optimistas, que parecían mirar a la enfermedad desde fuera de su cuerpo, como si no acabaran de creerse que ese diagnóstico recién aprendido iba a condicionar su porvenir. Impresionaban los jóvenes, descubrir a los treinta años que un cáncer afecta a siete de tus órganos es difícil de asumir. Tu vida se deshace como un castillo de naipes. Frágil, inestable. Como médica intentas sostener las cartas con aspavientos, sabiendo que es inútil y tan solo es cuestión de tiempo que se desmorone.

Finalmente, estaban aquellos pacientes más veteranos, que sabían que su futuro era muy limitado, aceptando tratamientos paliativos como último remedio a pronósticos demoledores. Recuerdo a un señor de unos sesenta y cinco años, que renunció a pasar por las penurias de un segundo trasplante de hígado y pidió que le enviasen a su casa. Después de explicar por teléfono a su hija la situación, colgó y le dijo a su pareja, «esta lo único en lo que piensa es en la herencia, como si le fuese a tocar más que a sus hermanos». Estaba yo abandonando la habitación después de tratar al paciente de la cama vecina y al escucharlo me invadió una profunda tristeza, es duro ver cómo sentimientos tan negros pueden imponerse en los últimos momentos de la vida.

En aquella planta es donde completé mi formación como médica y persona, aprendiendo la complejidad de las reacciones del ser humano expuesto a situaciones límite.

Lo que no estaba en mis planes era que, en algún momento, yo iba a verme postrada en una cama con un diagnóstico terminal. La enfermedad que me llevó hasta esa situación era una hipertensión pulmonar que padezco desde hace años. No sabría decir hace cuánto tiempo la tengo, ya que si busco en mi memoria llevo presentando síntomas desde hace mucho. Problemas de fatiga, mareos, e incluso presión en el pecho que yo achacaba al cansancio o a alergias respiratorias. Un día, estando en el hospital, sentí un mareo y desperté ingresada en la Unidad de Cuidados Intensivos. Me contaron que me había desmayado mientras hablábamos y que llevaba sin conocimiento tres semanas. El resultado de las pruebas era inequívoco, padecía una hipertensión arterial pulmonar avanzada y, por el momento, iban a intentar mejorar la sintomatología para que me encontrase mejor. Al cabo de unos días me trasladaron a una habitación compartida en la unidad de neumología y me pautaron medicación.

En una primera fase respondí bien al tratamiento, hasta el punto de que me dieron de alta en el hospital con la condición de que siguiese de baja en el trabajo y fuese periódicamente a controles ambulatorios.

Volví a casa como el soldado que regresa al hogar después de la batalla, mi hija me recibió con un cariñoso abrazo. Los espacios y los muebles a los que no solía prestar atención habitualmente adquirían una presencia afectuosa, como si hubiesen estado esperándome. Sentada en mi sofá favorito, próximo a la ventana, descansaba las piernas en un reposapiés de cuero con forma de bulldog y dejaba pasar el tiempo mirando el movimiento de las ramas en los días soleados de otoño. Mi hija me preguntaba en qué estaba pensando, veía mi sonrisa feliz, mi quietud apacible y no sabía si preocuparse por mi inactividad inusual o si alegrarse porque seguía las recomendaciones médicas hacia mi recuperación. Yo la tranquilizaba, podía pasar horas sin pensar en nada, disfrutando de la sensación hogareña que me transmitían los objetos que me rodeaban, de la serenidad de los espacios acostumbrados.

A medida que mejoraba fui creando una nueva rutina, hacía ejercicios de gimnasia por la mañana para mantener mi musculatura, y respiratorios por la tarde para favorecer la actividad pulmonar. Comencé a dar paseos todos los días y, a base de perseverar, logré primero dar una vuelta a la manzana sin ayuda, ascender sola por las calles cuesta arriba, y después incluso cargar con ligeros pesos subiendo las escaleras. Recuperar mi forma física me hacía sentir que controlaba mi cuerpo y a la enfermedad, me daba ánimo para seguir reclamando mis ganas de disfrutar de la vida.

También fui recobrando mi actividad mental, tengo la suerte de tener un trabajo estimulante, que continuamente ofrece posibilidades de aprender. Disponer de tiempo para ponerme al día sobre los avances en mi campo de especialidad era un lujo, que echaba de menos en el ajetreo diario hospitalario. Repasé bibliografía que tenía pendiente, ordené bases de datos que había ido recogiendo en mi trabajo y se habían quedado acumuladas en los ficheros del ordenador. Incluso, ante el asombro de mis compañeros, escribí un artículo científico, que les repartí para su revisión y que envié a una revista para su publicación.

Por las tardes reservaba tiempo para la literatura. Siempre me ha gustado leer y ahora tenía la oportunidad de hacerlo. Empecé con algunos libros nuevos y pronto caí en el placer de la relectura. Rebuscaba en mi biblioteca, bien armada con mis favoritos, y me sumergía en los libros como quien se reencuentra con un viejo y querido amigo. Recobraba el gusto por leer sin prisas, deleitándome en una descripción precisa, en la presentación de un personaje, en el despliegue de una trama narrativa. Me regocijaba poniéndome en el papel del autor e intentando adivinar sus siguientes pasos en la escritura. Era consciente de que algunos de esos libros que consideraba mis favoritos los había leído deprisa, sin apreciar la riqueza y la inteligencia que albergaban, y ahora tenía la ocasión de sumergirme en ellos con calma y extraer lo que había dejado pasar de largo en mis lecturas anteriores. La convalecencia de una enfermedad abre la ilusión de una segunda oportunidad, de revisitar sitios pensando que no cometeremos los errores de ayer, la quimera de renacer más sabios y, por tanto, libres de cometer desaciertos pasados.

Al cabo de unos meses podía conducir y me acerqué con mi hija a una pequeña casa que tenemos en la sierra, rodeada de árboles y perdida en medio de la nada. Cuando la compramos era un viejo aprisco de piedra y madera, que se encontraba en pésimas condiciones, en un lugar precioso, aislada en una pradera rodeada de bosques con unas magníficas vistas que nos hacían olvidar la ciudad. Es un rincón que siempre he amado, mi pareja y yo comenzamos a visitarla al poco tiempo de acabar nuestros estudios universitarios y la reconstruimos casi en su totalidad con nuestras propias manos. Para el tejado tuvimos que contratar a una cuadrilla de trabajadores locales, que fabricaron la estructura con vigas de pino curado y pusieron las tejas típicas de la zona; bocabajo como hacen los segovianos en las zonas donde nieva.

Nos gustaba la proximidad de la naturaleza y teníamos claro que era algo que deseábamos transmitir a nuestra hija. Hacer una excursión en el bosque, hasta quedar exhaustos de andar, recoger setas silvestres para después compartirlas en una cena con amigos, disfrutar de la chimenea en una tarde de frío. Esos pequeños placeres que me han acompañado toda la vida y que pensar en ellos me traen maravillosos recuerdos. Algo hemos conseguido transmitir, porque mi hija me ha contado que, cuando está nerviosa por un examen o una situación de estrés, se tranquiliza pensando en el olor a moras confitadas que, en los meses de septiembre, inundaba nuestra cocina cuando preparábamos mermelada de la fruta recién recogida de las zarzas.

Regresar a esta casa después del hospital fue como releer mis libros, me quedaba mirando embelesada una viga de madera, imaginando figuras de animales en los nudos o monigotes dibujados en las vetas, me sentaba en la terraza mirando una vista de sobra conocida como si no la hubiese contemplado nunca. Nimios detalles revisitados adquirían un nuevo significado que me llenaba de satisfacción. Decidí entonces probar si al volver a lugares más espectaculares que me impresionaban mucho ya antes de la enfermedad, tendrían también un impacto multiplicado.

Hicimos una excursión a pie, hasta una cascada que creaba un torrente al despeñarse por un barranco granítico. Nada más acercarnos ya sentí cómo aumentaba la humedad del aire, la vegetación cada vez más frondosa, el olor a tierra mojada. Cuando llegamos a la orilla de una poza de agua cristalina en la que caía la cola de caballo reverberante de colores y aureolada con un arco iris en dos alturas diferentes, quedé extasiada. Es difícil saber si la causa fue el cúmulo de sensaciones percibidas en aquel momento o los recuerdos que se arremolinaron en mi mente, lo cierto es que me sentí como embriagada. Aquella excursión justificaba nuestra visita a la casa de la montaña. Volviendo en el coche llegué a pensar que haber pasado por la enfermedad era positivo, ya que me aportaba la gran ventaja de acrecentar mis vivencias, de apreciar con mayor ímpetu placeres que la costumbre repetida había ido limando.

Si estoy plasmando actividades que me resultan gozosas no puedo pasar por alto una de mis grandes aficiones, que es volar en aviones ligeros. Creo que comenzó de joven con mi fascinación por las primeras aviadoras, mujeres intrépidas y aventureras, que representaban la independencia mejor que ninguna otra. No pretendo desacreditar a las meritorias sufragistas, pero donde haya una solitaria aviadora de principios del siglo XX que se quiten todos los modelos de mujer decidida y liberada. Así que, en cuanto cumplí la mayoría de edad, me lancé al Oeste con la noche[6], primero tomando clases de ultraligero en un aeródromo próximo a mi ciudad natal, después pasando los exámenes para mis primeras licencias de vuelo y radiofonista. Hoy en día mantengo en activo mi permiso de piloto privado y, cuando dispongo de tiempo o quiero darme una inyección de ánimo que me ayude a olvidar mi vida rutinaria, piloto una avioneta.

Es estimulante la visión desde el aire de los lugares conocidos, siempre cambiantes; un día brumoso la tenue neblina deja entrever el paisaje, otro soleado resalta el verdear después de la lluvia. La naturaleza muda continuamente, y a vista de pájaro podemos apreciar todas las transformaciones que nos presenta desde su aparente quietud. Es un privilegio poder disfrutar de ese espectáculo de metamorfosis que está expuesto para todos, en el que solo podemos recrearnos los que estamos volando y las aves que nos rodean.

El momento de tomar tierra con el avión es particularmente excitante, empieza desde que ves la pista y planificas la operación del aterrizaje; con el paso del tiempo se convierte en una combinación de instinto y lógica, que exige la totalidad de tu atención. A la vez que preguntas por la radio sobre el tráfico en las pistas del aeródromo, identificas con la vista otras aeronaves en el circuito, la presencia de aves en el entorno, la intensidad y la dirección de las ráfagas de viento. En cuestión de segundos vas tomando decisiones sobre lo que tienes que hacer, la velocidad de vuelo, el ángulo de ataque, la corrección del viento y, cuando planeas sobre la pista en el período que justo antecede a la pérdida de la flotación, sientes un hormigueo en el estómago, estimulado por el estrés que exige la plena dedicación de tu mente y tus sentidos. Así, cada vez que desciendo de una avioneta y pongo el pie en tierra, sigo levitando al andar durante un buen rato y, cuando vuelvo a mi vida habitual, siento que floto en el aire, mientras realizo las tareas más rutinarias.

Una vez dicho todo esto es fácil comprender que una de las experiencias que quería llevar a cabo después de la enfermedad era volar. No era algo que pudiese explicar a mi hija, siempre le ha parecido que es una afición temeraria en condiciones normales, para qué vamos a hablar en las convalecientes. Conozco bien a mis colegas médicos: aunque están preparados para situaciones diversas, mejor no consultarles sobre aquellas que podrían recibir una negativa. La vía que consideré más razonable fue la de una piadosa mentira que, sin hacer daño a nadie, podía proporcionarme una gran satisfacción. Le dije a mi hija que esa mañana me iba a acercar a mi despacho del hospital para descargar del ordenador unos datos que me podían ser de utilidad para un artículo. Volvería a casa poco antes de comer. Ya había quedado con un amigo piloto instructor, en el aeródromo a primera hora, para que me acompañase en el vuelo; soy atrevida, no imprudente. A media mañana de un espléndido y soleado día del invierno madrileño estábamos alzando el vuelo con destino a la sierra.

Esos días fríos y de cielo azul son maravillosos para volar, el aire denso ayuda a la flotación de la nave, la visibilidad sin límites impulsa la imaginación del piloto, a los pies se llegan a distinguir los animales merodeando entre las encinas de las dehesas. Sentí de nuevo un placer inmenso, como frente a la cascada, las sensaciones se agolpaban y me producían una impresión de libertad plena, la felicidad debía ser algo muy parecido. Hice una toma impecable, con sutiles movimientos de los mandos. Como si fuese un hábil cirujano, me adapté al viento, a la pista y me posé en tierra como un pájaro. Maravilloso. En casa le confesé a mi hija mi irrelevante desliz. Me costó una buena reprimenda y la asumí como una niña traviesa consciente con antelación del precio a pagar por su barrabasada. ¡Qué sería de la vida sin estos grandes placeres!

Para finalizar el repaso de las experiencias en las que busqué mi satisfacción durante la convalecencia tengo que mencionar la música. Estoy segura de que es mucho más accesible para la mayoría de la gente que la aviación ligera, y fue una compañera permanente e irreemplazable durante todo el proceso de mi curación.

Siempre he sido una gran amante de la música, aunque principalmente como oyente. He intentado tocar varios instrumentos, con poco éxito, porque estoy muy poco dotada para la interpretación. Escucho la melodía en mi cabeza y puedo incluso tararearla, sin embargo, mientras a mí me suena fenomenal, los que me escuchan son incapaces de reconocerla. No me refiero a una sofisticada aria o una sinfonía, me pongo a tatarear «Había una vez un barquito chiquitito» y nadie podría adivinar lo que estoy cantando. Es algo frustrante, pero lo compenso con el inmenso placer que puedo obtener al disfrutar escuchando música.

Me gustan estilos muy variados según las circunstancias. En la clásica me quedo con la barroca y mis favoritos son los conciertos para chelo y cuerda, o las combinaciones con clavicordio. Eso no quita que me encanten Mozart y Mahler y que me apasionen las arias de ópera italiana y los compositores más vanguardistas de principios del siglo XX. En la música moderna, el jazz y el flamenco son mi predilección, y las fusiones entre ambas se encuentran entre mis preferidas. Puedo escuchar durante horas un saxofón americano de los años cincuenta o una guitarra andaluza tocando palos atemporales. Y si de lo que se trata es de escuchar rock, pop, ritmos latinos, africanos o *reggae,* que me pongan lo que sea, me apunto a todo. Digamos que soy entre ecléctica y melómana. Cada música en su momento, para cada momento su música.

La enfermedad ha aumentado mi capacidad para disfrutar de un buen disco, y han sido muchas las tardes que los escuchaba sentada en el sofá del salón frente a la ventana. La semana anterior a mi último ingreso hospitalario había planeado testar esa sensibilidad, asistiendo a un concierto de cámara en una iglesia renacentista cercana a casa que tiene una acústica fantástica. No fue posible porque comencé a empeorar considerablemente, me volvieron los mareos y una fatiga crónica que me impedía llevar una actividad normal.

Esta recaída me resultó muy difícil de superar, los médicos intentaron diversos medicamentos para tratar de controlar la enfermedad, no lograron frenar el avance. Me faltaba el aire, sufría disneas cada vez más frecuentes y sentía como se aceleraba mi corazón para suplir la falta de oxígeno. Las causas de mi hipertensión pulmonar no eran conocidas, no tenía sobrepeso ni otros factores que pudiesen hacerme propensa a padecerla. En mi familia hubo algún antepasado con problemas respiratorios, como en sus tiempos no se hacían diagnósticos detallados, tampoco puedo asegurar que hubiese un componente genético. Finalmente, visto como se deterioraba la situación y dada mi relativa juventud, me propusieron para un trasplante de pulmón. Una vez aprobado hubo que esperar a que hubiese órganos disponibles y hace aproximadamente tres meses me implantaron los pulmones de un donante fallecido en un accidente de tráfico.

La operación quirúrgica fue bien, según me explicaron mis compañeros y, a pesar de todas las incomodidades que supuso, el pronóstico inicial era favorable. Esto no quita que, conociendo las complicaciones potenciales que pueden surgir en un trasplante de este tipo, por mi cabeza pasaran múltiples pensamientos sobre la fragilidad de la vida. Como médica estoy acostumbrada a lidiar con la muerte y siempre la tengo en mente como posible desenlace en algunos de los casos que tratamos. Como persona no puedo evitar el miedo, aunque yo misma supiera que el trasplante era la mejor opción en mi caso. Se trataba de un temor irracional que me asaltaba en momentos inesperados, bien durante el día o la noche; aguantaba inerme, mientras me golpeaba y esperaba a que pasase, como una ola fuerte que te sorprende cuando estás entrando al mar. No vale la pena resistirse, te dejas zarandear, hasta que las aguas se tranquilizan y dejan tu mente preparada para reflexionar.

Lo primero que aparecía en mi cabeza eran las preocupaciones por mis seres queridos, sobre todo por mi hija, que se quedaría sola. Ella es ya mayor, ha terminado la universidad y ha comenzado las prácticas, no me cabe duda de que será una gran profesional, es organizada y muy serena. Económicamente no recibirá una gran herencia, pero estará en una situación desahogada, podrá continuar viviendo en nuestro piso y disfrutar de la casa en la montaña. He hablado con un notario y he dejado organizada tanto la donación de mis propiedades como mi testamento, si las cosas van mal será sencillo para ella. Seguro que encontrará algún chico que la quiera y sepa apreciarla. Espero que tenga hijos con él. Cuando miro hacia atrás a mí es lo que más satisfacción me ha producido. Quizá en estos momentos es lo que más me duele, pensar que no iba a conocer a mis nietos y disfrutar unos años más de la vida.

Lo segundo que venía a mi mente eran las cosas que había dejado sin hacer, viajes siempre aplazados, amigos abandonados por descuido, y, lo más importante, la reconciliación con mi hermana. Discusiones durante los últimos años de mi madre nos habían llevado a un alejamiento absurdo, tan distante que no sabíamos cómo romper. Nuestra relación había sido muy buena durante la infancia y juventud, salpicada de enfrentamientos fraternales, como es normal, aunque apoyándonos siempre entre nosotras en los temas importantes.

Al irnos de casa cada una emprendió su vida a su manera y, por razones que soy incapaz de recomponer, nos distanciamos. Estoy segura de que buena parte de la culpa fue mía, que me obsesiono con mi trabajo, hasta el punto de despreocuparme de los demás. No es falta de interés por lo que hacen los otros, ni mucho menos desprecio, es que al igual que yo me siento completamente segura de lo que hago y no requiero la aprobación o la admiración de nadie, pienso que todos los que me rodean lo viven igual.

Tuve que corregirlo cuando educaba a mi hija, porque me daba cuenta de que ella necesitaba escuchar palabras de ánimo de su madre, de cariño, de atención. Son palabras que no me salían con naturalidad y, ante aquellos ojos vidriosos que pedían respuesta, las tuve que inventar. Pensé en mi tío abuelo médico, en la seguridad que me transmitía cuando me hablaba de niña, en la calma que su participación trasladaba a las conversaciones familiares. Quizá mis palabras sonaron un poco artificiales al principio, como eran bien acogidas las fui incorporando en mi trato habitual.

Esta vez estoy probando una estrategia similar, tanto con mi hermana como con mi hija, me empujo a expresar mi cariño hacia ellas y, a medida que lo hago, me entran ganas de liberarme y de exteriorizar más mis sentimientos. En resumen, una vez pasados los revolcones de la ola emocional, mi reacción ante la muerte se traducía en la voluntad de enmendar los errores cometidos, de cumplir algunos sueños no realizados y de enmendar los desaciertos con las personas queridas. Eran razones suficientes para seguir luchando por la vida, sin perder el respeto a la muerte.

Como todos los pacientes trasplantados, después del injerto tuve que estar sometida a inmunoterapia para evitar posibles rechazos que podrían acabar con la pérdida del órgano. El cuerpo que ha recibido el trasplante identifica la presencia de elementos externos con una composición genética diferente, activa su sistema inmune para destruir esas células y defenderse. Para evitar que esta reacción natural se produzca, se realiza la supresión del sistema inmune del paciente mediante medicamentos. Sin embargo, el organismo que se queda sin defensas está más expuesto al ataque de infecciones y al desarrollo de células cancerígenas que, en condiciones normales, estarían controladas por su sistema inmune. Es decir, la inmunosupresión debe de ajustarse a un equilibrio, de forma que sea suficientemente fuerte para evitar el deterioro del órgano injertado, sin serlo demasiado para que el cuerpo sea capaz de controlar las infecciones y el desarrollo de tumores malignos. Este balance es la clave para asegurar la pervivencia del trasplante en el tiempo. Durante décadas el rechazo agudo o las infecciones fueron la principal causa de mortalidad en humanos trasplantados. Las quimeras abren la posibilidad de la curación y, a la vez, llevan inscrita la inestabilidad en su diversidad genética.

En los trasplantes de pulmón el problema de las infecciones es particularmente grave, ya que es un órgano en contacto permanente con el exterior y las bacterias, hongos o virus pueden penetrar vía el aire que respiramos. Por eso, para evitar riesgos y no tener que abusar de la inmunosupresión, es común aislar a los pacientes después del trasplante en habitaciones desinfectadas, con acceso restringido al personal sanitario y con sistemas que inyectan aire purificado. Son como burbujas en las que se minimiza el contacto con el mundo exterior durante el tiempo que sea necesario, hasta que el paciente haya desarrollado capacidad suficiente para protegerse. Yo conocía bien estos sistemas, ya que, en mi especialidad de hematología, los aislamientos clínicos se utilizan frecuentemente después de los trasplantes de médula ósea que producen igualmente una pérdida de defensas del paciente; no obstante, cuando me tocó sufrir el encierro me di cuenta de lo duro que resulta a nivel mental y físico.

Llevo encerrada en una pequeña habitación de unos veinte metros cuadrados tres meses. Hubo un intento de trasladarme a casa, duró dos días escasos, se mostró rápidamente inviable. La mayor parte del tiempo lo paso postrada en la cama, a pesar de que el ejercicio suave es necesario para mi recuperación y evitar un encharcamiento de los pulmones. Por eso, cuando el sufrimiento me da un descanso intento hacer una tabla de ejercicios físicos, que he creado basándome en mis clases de fisioterapia y en las sesiones de pilates que hacía cuando estaba sana. Intento primero ejercitar un poco las lumbares y las cervicales tumbada en la cama, después me incorporo para andar por el cuarto llevando conmigo el mástil con la medicación y el suero. Supone un esfuerzo grande, pero aumenta la ilusión de que sigo siendo dueña de mi cuerpo, de que mientras siga teniendo la voluntad de moverme y de cuidarme podré salir adelante.

Hay días malos en los que el sufrimiento me impide hacer los ejercicios. Intento ser benévola conmigo misma cuando se encadenan varios días de pasividad, sin embargo, me baja la moral y tengo que hacer un doble esfuerzo para volver a mi gimnasia rutinaria. Los ratos que puedo los paso sentada en el sillón junto a la ventana que, aunque cerrada y en un sexto piso, me permite ver el movimiento indescifrable de las personas y repetitivo del tráfico. Lo acompaño de música que mece o acelera mi cabeza, según el estado de ánimo en el que me encuentre. Distraerme me mantiene ocupada, en los buenos momentos leo alguno de los libros que me he traído en un aparato electrónico, cuando me canso recurro a ver películas y leer noticias en el ordenador.

La noche se hace larga, las enfermeras entran periódicamente a cambiar los medicamentos y sueros intravenosos o a medir las constantes de mi organismo. Duermes a ratos o te mantienes en un duermevela que rellenas de recuerdos para hacerla pasajera. Soñar semidespierta ayuda y aquí es donde me veía frente a la cascada de la sierra sintiendo la humedad en la cara, en una cima recién alcanzada sobre un mar de nubes, en una avioneta planeando sobre una pista sin final. Todo vale para engañarse en este juego en el que lo importante es que pase el tiempo y que se acerque la curación.

En mi caso, a pesar de todas las prevenciones, la burbuja no pudo evitar que se activara una infección en mi cuerpo. El virus se encontraba en el interior de unas células que actuaban como reservorio y al proliferar desarrollaron una neumonía. Al principio no experimenté molestias ni síntomas particulares, al cabo de un tiempo me faltaba aire y comencé a sentir un profundo malestar. La infección se había extendido por mis pulmones.

El equipo médico ha estado haciendo todo lo posible por detenerlo, pero la enfermedad sigue avanzando. Recientemente me han comunicado un pésimo pronóstico terminal, la neumonía está ganando la batalla y queda poco por hacer. El siguiente paso serán cuidados paliativos que me ayuden a sobrellevar la situación, la espera de la muerte que ya es inevitable.

He pedido que me saquen de la burbuja clínica y me lleven a una habitación en planta, en el mejor de los casos el aislamiento alargaría la espera unos pocos días, no vale la pena. Prefiero, en estos últimos momentos, estar cerca de mi hija, que agarre mi mano cuando me falten fuerzas, que me transmita su calor cuando me acerque al frío.

Mis limitaciones físicas son cada vez mayores. Me veo obligada a acabar de escribir estas notas que tanto me han apoyado durante este viaje. Sujeto con dificultad el bolígrafo entre mis dedos y se me cae el bloc de las manos. Un poco tarde ya para cambiar los planes y escribirlas en un teclado, le pediré a mi hija que las transcriba al ordenador, mientras que espera al pie de la cama. Me reconforta pensar que leer estas notas pueda ayudar a pacientes que transcurran por una senda similar.

Antes de finalizar, me gustaría dejar claro que luchar por la supervivencia es fundamental en todas las enfermedades, en especial cuando los pronósticos no son favorables. La actitud no lo es todo, pero cuando es positiva puede ayudarnos a salir adelante. La tasa de éxito de los trasplantes es muy elevada hoy en día y, aunque es innegable que tienen un riesgo asociado, la mayoría de los pacientes se recuperan de forma favorable. Por lo tanto, aunque yo no he tenido esa suerte, hay que mantener la moral alta y confiar en que un trasplantado se convertirá en una quimera viable a largo plazo.

Para aumentar esta probabilidad, me he asegurado de firmar el consentimiento para la donación de mis órganos, parece ser que la mayoría de ellos se encuentran en buenas condiciones y que, por lo tanto, pueden servir a otras personas para salvar o mejorar su calidad de vida.

Olvidé decirlo, mi nombre es Marta. Recuérdenme entre las pacientes luchadoras, que afrontan la muerte con naturalidad.

Aquí acaba mi historia.

IV

Creación de quimeras

A medida que el lector va descubriendo aspectos antes ocultos, confío en que vaya encontrando más amables o atractivas a las quimeras. Seres que nos repelen en una primera aproximación, nos van desvelando sus encantos, al ir conociendo sus capas menos superficiales. Al retirar su envoltorio, destapamos la razón que las configura, el origen de su inherente dualidad, que les proporciona una dimensión decidida y quebradiza. Una vez superada esa aparente fragilidad, las quimeras permiten solventar dificultades antes irresolubles. Si ampliamos el término, las quimeras podrían ser también arquitectónicas, geopolíticas, lingüísticas, y un sinfín más de variantes en los distintos campos del conocimiento.

En un derroche de optimismo podríamos crear quimeras para solucionar problemas que no han podido ser resueltos de otra forma; esto supone una actitud que exige voluntad de creación. Pensemos, por ejemplo, en el papel que podrían tener para incorporar los monumentos de épocas pasadas aborrecidas o de acciones no loables en la memoria histórica de una sociedad. La creación de una quimera a partir de estos monumentos permitiría mantenerlos con una nueva lectura, que enriquecería su significado histórico y presente. El resultado podría ser cuestionable estéticamente, pero si activa la memoria podría seguir siendo válido al abrir las puertas a un futuro más optimista.

Ejemplo de quimeras de este estilo podrían ser los edificios paleocristianos que comenzaron a aparecer en el siglo II. Del mismo modo que la Quimera, surgieron bajo tierra en Roma, en las catacumbas, donde sepulcros o mausoleos eran transformados en lugares de culto de la nueva religión prohibida. En el siglo IV, cuando los emperadores romanos hicieron del cristianismo la religión oficial, los edificios paleocristianos se multiplicaron y extendieron por todo el Imperio. Salieron a la superficie y se crearon a partir de la adaptación de antiguos templos o edificios romanos, incluso griegos, dando lugar a edificios fascinantes. Estos edificios dieron lugar a las arquitecturas carolingia, visigoda y lombarda, que fueron el puente hacia la arquitectura occidental posterior. También fueron predecesores de la arquitectura bizantina, que recorrería una evolución independiente. De ahí nuestra admiración por quimeras como la catedral de Siracusa, o los más modestos baptisterios y panteones transformados en lugares de culto a lo largo y ancho del Mediterráneo. De forma consciente o inconsciente, las quimeras paleocristianas originarias permitieron sentar las bases de gran parte de la arquitectura moderna.

A una escala más actual, quizá la quimera que se mantiene como el gran reto geopolítico del siglo XXI es el conflicto israelí-palestino. Pendiente de solución desde la creación del Estado de Israel en 1948, los acuerdos de Oslo propusieron, en 1993, la quimera de dos

Estados como una solución pragmática, que debía permitir la convivencia de los dos pueblos. Como quimera que lleva incorporadas sus propias debilidades no se ha podido implementar, al menos hasta este año 2024, un año con una situación bélica terrible en esos territorios. Tras los acuerdos, uno de sus firmantes, Isaac Rabin, fue asesinado por un extremista compatriota. Todos los intentos de llevarlos a la práctica han sido débiles y fallidos o simplemente abortados.

Los conocedores del problema dicen que fue en la cumbre de Taba, 2001, donde representantes de ambos pueblos estuvieron más cerca de llegar a un acuerdo, pero las circunstancias posteriores lo hicieron inviable. Sin embargo, la vía quedó abierta y sigue siendo probablemente la única válida para solucionar el problema.

En la situación actual, tan solo una parte de la población de Israel apoya la solución de los dos Estados, mientras que el gobierno extremista la rechaza. Es necesario que los países occidentales, muy particularmente los europeos y Estados Unidos, apoyen fuertemente a las minorías progresistas de Israel que respaldan la idea. Es más, aquellos que defendemos y apreciamos a Israel debemos transmitir claramente que es la única solución válida; apoyar la convivencia de los dos Estados es apoyar el sionismo y a la sociedad judía.

Si se ha conseguido que la medicina moderna mantenga vivas quimeras humanas, ¿por qué no se podría lograr dar una solución a una quimera geopolítica? Se sabe que las quimeras llevan en sí mismas la debilidad y la capacidad de autodestruirse, por ello mismo necesitan de mayor esfuerzo para ser viables. Habría que rediseñar los Estados para que ambos territorios puedan ser independientes, evitar errores del pasado y poner mucha voluntad por parte de los pueblos participantes. Sería posible hacerlo y abrir así una puerta a la esperanza.

Otra gran quimera es la Unión Europea, iniciada para no repetir las dramáticas contiendas del siglo XX, se mantiene a lo largo del siglo XXI con su firme y frágil dualidad. Es indudable su identidad vigorosa, no solo como gran mercado y potencia económica, sino también como faro de valores y derechos humanos, que sirve como referencia al resto del mundo.

La unión de estados dispuestos a ceder parte de su soberanía en aras de una entidad geopolítica superior está en la base de su creación y el rechazo que se produce entre ellos en la de su fragilidad. Quimera de múltiples cabezas, que requiere de un esfuerzo continuo para mantener su viabilidad. No son pocos los errores y tropiezos que ha cometido la Unión Europea, de los que se han aprovechado sus detractores para criticarla. Estas voces discordantes proponen su disolución y claman por la vuelta de mayor soberanía de los estados-nación.

No obstante, el conjunto de logros cívicos y sociales es innegable. Aquellos que fuimos condenados a vivir durante buena parte del siglo XX en dictaduras, de derechas o de izquierdas, lo hemos notado especialmente en la apertura democrática de nuestras sociedades. El conjunto de europeos lo constata, habiendo disfrutado del mayor período de paz en su historia reciente. El reto de la viabilidad perdura, especialmente ahora que presenciamos estupefactos una nueva guerra en Ucrania, que los expertos indican que podría extenderse y escalar a límites insospechados. Esa guerra era algo impensable para muchos de nosotros hace pocos años, la posibilidad de una escalada nos resulta inimaginable. La

Unión Europea actúa dubitativa ante estas amenazas, confiemos en que, a medio plazo, logre fortalecer su carácter sólido y compacto, asentado sobre los principios de su fundación.

He aquí ejemplos de que las quimeras basadas en la razón pueden ser posibles. Ya no serían monstruos originados de fuerzas oscuras, irracionales y misteriosas, sino el resultado que una imaginación racional ofrece para solventar problemas actuales aparentemente irresolubles. El doble significado supuestamente contradictorio de la palabra quimera comienza a explicarse bajo la lógica del siglo XXI.

La quimera de la esperanza

Me llamo Yuval Peres y cuando mi familia entró al kibutz de Ramat David yo tenía diez años, recuerdo bien la impresión que me causó. Situado al norte de Israel, se asemejaba a un pueblo planificado por un urbanista, con sus casas ordenadas, cada una con su zona de jardín. Pintadas de colores pastel tenían una sola planta y estaban repartidas en dos viviendas. Se accedía por una escalera de tres peldaños que daba a un porche central con dos puertas laterales, cada una era la entrada a una de las viviendas. A nosotros nos había tocado la de la derecha, que tenía dos dormitorios, además de la cocina, cuarto de baño y sala de estar. Lo correcto sería decir que el alojamiento nos la había asignado el kibutz, no nos pertenecía. En aquellos tiempos todos los bienes, incluidas las zonas de servicio y medios de producción, pertenecían a la comunidad. Nuestras pertenencias individuales eran unos escasos objetos que habíamos traído de Argentina y algunos pequeños enseres que comprábamos con lo que nos sobraba del presupuesto mensual que entregaba el kibutz a la unidad familiar.

Los jardines, lucían plantas y flores bien mantenidas, algo que no esperaba, ya que creía que íbamos a un país muy seco y con escasez de agua. Había grandes árboles que daban sombra, haciendo agradable el paseo por los caminos que unían las casas entre sí. Las calles principales estaban asfaltadas, tenían alineaciones vegetales que las rodeaban y se iluminaban por la noche. Para nosotros, que veníamos de una caótica ciudad argentina, este nivel de orden y armonía nos resultaba novedoso, no estábamos acostumbrados a espacios tan arreglados.

Cuando me hice mayor aprendí que Ramat David fue fundado en 1926 por centroeuropeos. En las paredes había fotografías de su llegada a esta zona semidesértica. Los primeros colonos se instalaron en tiendas de campaña y comenzaron a trabajar las tierras. Establecieron una comuna agrícola, según los principios del sionismo socialista. Pusieron en marcha tres fuentes naturales conectadas a la capa freática del valle del Jezreel y labraron con herramientas básicas un antiguo huerto. En las fotografías se veía a jóvenes de ambos sexos vestidos con ropas ligeras de algodón, haciendo las más variadas tareas del campo. La gran mayoría de esos jóvenes carecía de experiencia, pues venían de comunidades judías urbanas dedicadas al comercio y a profesiones liberales. Lograron transformar el territorio en el que se asentaron, construyeron primero barracones, después casas y edificios más sofisticados, que perduran hoy en día y siguen en funcionamiento. Poco a poco diversificaron su actividad.

Cuando nosotros llegamos, las fuentes de riqueza eran el cultivo de peras y algodón, también una granja de vacas lecheras que nos permitía vender leche a un kibutz cercano, que nos daba a cambio una diversidad de productos lácteos. En cuanto a tecnología, nos habíamos especializado en la construcción de remolques para diversos usos agrarios que vendíamos a otros kibutzim y, aunque en menor medida, máquinas de riego autopropulsadas con la energía hidráulica y programables con el apoyo de pequeños paneles solares. Teniendo en cuenta que la población había ido creciendo progresivamente, hasta estabilizarse en torno a los setecientos habitantes actuales, era difícil no expresar admiración hacia aquellos primeros inmigrantes que, con su esfuerzo, se instalaron en esta tierra yerma.

En el centro del kibutz se encontraba el edificio principal, que albergaba la zona de cocinas y comedores comunes. Allí íbamos todos los días a desayunar, comer y cenar, nos encontrábamos con otros miembros del kibutz, con quienes nos sentábamos en mesas largas y corridas. Cuando íbamos al colegio también comíamos en esas mesas, aunque organizaban turnos para no coincidir con los adultos.

En ocasiones cocinábamos platos sencillos en casa, tipo bizcochos o tartas que hacíamos en los cumpleaños. Invitábamos a vecinos o amigos y preparábamos una fiesta de aniversario entre los más cercanos. Para estos eventos comprábamos comida en el economato, una tienda situada en un edificio próximo a los comedores, en la que podíamos adquirir algunos comestibles y cosas de uso diario. La gran mayoría de las celebraciones las hacíamos en comunidad, bien con el resto de los habitantes del kibutz, bien con una parte de ellos con quienes formábamos un subgrupo, por ejemplo, por edad.

El trabajo se repartía entre todos los miembros, basándose en las necesidades del kibutz y las posibilidades de cada uno. Los viernes, la secretaría de la organización colgaba en un corcho situado a la entrada de los comedores, una lista en la que se asignaba a cada persona las tareas que le correspondían durante la siguiente semana. Podía tocarte jardinería, cocinas, trabajos en el campo u otras obligaciones. La gran mayoría rotábamos entre los diferentes puestos, aunque algunos tenían asignadas funciones específicas. Durante la época de recogida de peras se necesitaba mucha mano de obra en el huerto; hasta el secretario general del kibutz tenía que ir a cosechar cuando le correspondía su turno. Me gustaba rotar, ya que, por un lado, conocías a la gente con quien compartías las labores, incluidos los que ostentaban los puestos de dirección, y, por otro, evitabas hacer siempre el mismo trabajo.

La fábrica y la lechería requerían personal especializado, el resto realizaban tareas de apoyo, que les permitían conocer el funcionamiento de estos centros y ser conscientes de la importancia que tenían para nuestra comunidad. Me empezaron a asignar cometidos en la fábrica a partir de los diecisiete años. En una ocasión se estropeó una máquina y hubo que desatascarla. Tenía algunos conocimientos de mecánica y siempre se me ha dado bien, así que ayudé a arreglarla y ponerla en marcha. Además, como estaba bien capacitado para usar maquinaria y resistía bien el trabajo físico, me fueron encargando cada vez más labores. En la lista semanal cada vez aparecía de forma más frecuente el nombre de Yuval Peres asignado al taller.

El trabajo era interesante, porque en la sección de metalurgia se contrataban árabes residentes en pueblos cercanos para reforzar la plantilla. Entraban al kibutz a primera hora de la mañana y salían al final de la jornada, traían su propia comida, que tomaban en una sala destinada a cantina. Entre ellos hablaban árabe y con nosotros lo hacían en hebreo, durante los descansos nos juntábamos todos y practicábamos su lengua para crear una relación próxima y de camaradería.

Me habían explicado que Ramat David tenía que pagar un canon a la asociación nacional de kibutzim por cada trabajador asalariado externo, una penalización por apoyarnos en trabajo ajeno para utilizar nuestros medios de producción. Era un tema discutido, ya que algunos miembros del kibutz no estaban de acuerdo con estas contrataciones y consideraban que todo lo producido debería basarse en el trabajo propio; otros, sin embargo, defendían que, además de permitirnos mantener la producción de remolques, una de nuestras principales fuentes de ingresos, cumplía una labor social, al crear empleo para nuestros vecinos palestinos. Se convocó una asamblea para discutir el tema, a la que asistieron todos los miembros del kibutz mayores de edad y se presentaron los resultados económicos aportando las ventajas y las penalizaciones de la contratación. Después de tres horas en las que hubo una exposición de argumentos a favor y en contra, se decidió mayoritariamente a favor de la contratación de asalariados externos. Las decisiones siempre se tomaban de forma democrática, desde la elección del secretario general a cualquiera de las que afectaban de forma relevante al funcionamiento de nuestra comunidad.

Recibíamos a otro grupo de trabajadores extranjeros que realizaban estancias con nosotros. La mayoría eran judíos de Estados Unidos y Francia, que pasaban el verano trabajando por las mañanas y estudiando hebreo por las tardes. También había estudiantes de agricultura o de economía, que venían de otros países por temporadas para conocer nuestra organización y funcionamiento. No sé si «trabajadores» es la palabra correcta, podríamos dejarlo en «visitantes». Es cierto que los incluíamos en nuestra comunidad y aparecían en las listas de asignación de tareas como todos los miembros, pero se notaba que no estaban habituados al trabajo físico y, aunque la mayoría ponía de su parte, su contribución era limitada. En verano nos levantábamos de madrugada para estar a las cinco trabajando, hacíamos un descanso a las ocho para el desayuno y después volvíamos a la tarea hasta el mediodía. No era un horario al que estos visitantes estuviesen habituados.

Sin embargo, nos gustaba mucho recibirles, ya que eran jóvenes con quien, por la tarde, compartíamos el tiempo libre en la piscina, jugando al fútbol o en otras actividades de ocio. Nos contaban sobre la vida en sus países de origen y nos daban una visión externa que resultaba fascinante. La que más nos interesaba era la de los americanos, ya que el sueño de casi todos los jóvenes del kibutz era abandonarlo después del servicio militar e irse a Estados Unidos. En mi caso, no sentía esa necesidad de salir del país, quizá porque había vivido en Argentina durante mi infancia y me encontraba muy a gusto en Israel. Sin embargo, muchos de mis coetáneos habían nacido en el kibutz, y las únicas escapadas que habían hecho eran las excursiones con la escuela, su necesidad de salir era perentoria.

En cualquier caso, que no lleve a error lo que estoy contando, estábamos muy lejos de ser un grupo claustrofóbico, encerrados en nosotros mismos, más bien éramos jóvenes que soñábamos con conocer mundo. Teníamos acceso a canales de televisión, conciertos y películas que traían al kibutz e incluso exposiciones de artistas que eran ocasionalmente invitados. Además, la formación que recibíamos en la escuela era muy abierta y nos preparaba para el futuro al que quisiésemos optar.

La educación en colectividad estaba profundamente ligada al desarrollo del kibutz. Se respetaba al individuo, pero siempre educado en un grupo. Cuando se fundó el kibutz, el espíritu colectivo era todavía mayor; se separaba a los bebés de sus padres a los pocos meses de nacer y los criaban mujeres especializadas en una zona destinada a ello. Cuando yo llegué, en los años ochenta, esa práctica ya había desaparecido y los niños se quedaban viviendo con sus padres hasta los doce años. Iban al colegio donde pasaban la mayor parte del día con los otros niños y después volvían a casa con sus familias.

Otra característica de la educación que posteriormente tuvo gran relevancia en mi vida es que era fundamentalmente laica. Estaba muy orientada a la adquisición de conocimientos básicos en Ciencias y Humanidades, capacitándonos para realizar las funciones del kibutz y abriéndonos también la puerta para elegir otras opciones en el futuro. El judaísmo se estudiaba siguiendo una línea cultural, en la que aprendíamos y analizábamos las tradiciones minimizando los aspectos religiosos. Estudiábamos la historia del pueblo judío, sus diversas diásporas y ramificaciones, todo ello visto desde un punto de vista secular. Llamaba la atención que, dentro del kibutz, nos sentíamos muy alejados de los judíos ortodoxos que tanta presencia adquirían en Jerusalén, es más, había muchos adultos que mostraban hacia ellos animadversión, al considerarlos unos «vagos» que no trabajaban en toda su vida y recibían una remuneración a costa de los demás. Para nosotros la dignidad se adquiría con el trabajo, y nuestro papel en la sociedad venía determinado por nuestra contribución a su producción.

A partir de los doce años nos mudábamos a una zona en la que vivíamos hasta los dieciséis, ¡lo recuerdo como el mejor período de mi vida! Decidíamos sobre el conjunto de edificios como si fuese nuestro territorio; eran casitas –en las que habitábamos por pequeños grupos– que daban a un jardín, en el que disponíamos de una zona común para reunirnos. En esa zona habíamos dispuesto piedras a modo de asientos formando un anfiteatro griego, lo utilizábamos para discutir y para representaciones de todo tipo, desde comedias, hasta actuaciones musicales. Cuando alguno de los que allí vivíamos queríamos decir algo, íbamos al centro de la escena y, después de llamar la atención, teníamos un público dispuesto a escucharnos.

Junto al improvisado teatro, un gran árbol que daba sombra en verano se había convertido en el símbolo de nuestra independencia, alzándose firme en el centro del jardín. Los jóvenes que allí vivíamos compartíamos nuestras inquietudes y nuestras decisiones, además, nos organizábamos nosotros sin ayuda de nadie. Disponíamos del espacio según nuestro parecer, tanto para elegir donde queríamos dormir como para establecer las normas de uso de la zona común. El tiempo también lo gestionábamos, lo adaptábamos a las obligaciones del kibutz, como el colegio o el comedor. Después dejábamos que cada uno lo utilizase a su albedrío y organizábamos actividades conjuntas. Ningún adulto de fuera podía decidir sobre las cuestiones de nuestro pequeño mundo, excepto si surgía un problema mayor y algunos miembros recurrían a un externo para que arbitrase la situación. En esas circunstancias aprendíamos a vivir juntos, teníamos nuestros primeros amores y discusiones, construíamos sueños de fuga y de futuro, difícil imaginar mejores condiciones para el desarrollo de una persona.

Entre los dieciséis y los diecisiete años pasábamos a vivir a las viviendas normales del kibutz en grupos de cuatro. Aumentaban las responsabilidades, ya que nos incluían en la lista de trabajo y teníamos que desempeñar algunas tareas, a la vez que seguíamos con nuestra formación profesional. Era también la edad de pensar qué queríamos hacer para ganarnos la vida y cuáles eran nuestros planes de futuro.

Ir al servicio militar a los dieciocho años era un momento muy deseado por la mayoría de los jóvenes, aunque debo decir que yo no albergaba ese sentimiento; cumplí con mis tres años de servicio militar como una obligación, no con entusiasmo. Las armas y la violencia nunca me han resultado simpáticas y, aunque era consciente del importante papel que tienen en la sociedad, siempre me ha parecido más atractivo investigar vías pacíficas. En nuestro kibutz había guardias nocturnas de carácter preventivo y, una vez hecha la primera parte del servicio militar, nos ponían en la ronda de turnos que hacíamos por parejas armadas todas las noches. Una tarea de vigilancia en la que nunca me correspondió disparar un tiro ni dar el alto a nadie.

Dentro del kibutz había personas que habían estado en la guerra e incluso algunos que habían sido condecorados. Uno de los chicos, algo mayor que yo, había participado en la primera guerra del Líbano. Resultó herido durante alguna de las escaramuzas y lo trataban como a un héroe. Todos le admirábamos y teníamos mucha consideración hacia él, éramos condescendientes cuando tenía ataques de ira, e intentábamos calmarlo por las noches si despertaba por las pesadillas. Sus historias eran el testimonio directo de la guerra real, y se relacionaban más con la penuria, el sacrificio y el dolor, que con la heroicidad que intentaban inculcarnos a través de la televisión y el servicio militar. En cualquier caso, el período de formación que realicé en el ejército fue interesante y me enseñó mucho sobre la vida; conocí a muchos chicos y chicas de otros ambientes, con quienes intercambiaba opiniones sobre temas variados al margen de nuestras actividades castrenses. Además, teníamos permisos en los que volvíamos al kibutz, donde los más jóvenes nos miraban con admiración al contarles nuestras hazañas, y los adultos con respeto por el deber cumplido.

Unos meses después de acabar el servicio militar comencé a trabajar en una empresa de informática. Realicé unos cursos intensivos para complementar mi formación anterior y me integraron en plantilla. Desgraciadamente, cuando estaba cerca de cumplir un año trabajando, me detectaron por sorpresa anomalías en la sangre en un análisis médico rutinario. Padecía una anemia severa, que podía derivar en una falta de oxígeno en órganos vitales, incluido el corazón, lo que podía llevar a una insuficiencia cardíaca letal. Ingresado de urgencias me hicieron rápidamente pruebas para llegar a la conclusión de que sufría una leucemia mieloide aguda. La mitad de las células de mi sangre eran blastos, un tipo de células cancerígenas que, además de no ser funcionales, atacan a las sanas. La enfermedad era agresiva, y había que controlarla con rapidez, antes de que pudiese provocar problemas en otros órganos del cuerpo.

Me trasladaron al Centro del Cáncer del hospital Sheba, cercano a Tel Aviv, donde me asignaron a un equipo de expertos. En primer lugar, me sometieron a una quimioterapia de inducción y, cuando consiguieron reducir el número de blastos por debajo de un límite aceptable, me sometieron a un nuevo tratamiento de quimioterapia de consolidación. Después de este proceso –que duró casi tres meses–, me avisaron de que las posibilidades de regeneración de la enfermedad eran elevadas. El problema radicaba en la médula ósea: generaba células cancerígenas muy malintencionadas que aprendían de los tratamientos, por lo que, en cada nueva ocasión, sería más difícil controlarlas mediante quimioterapia. La solución pasaba por un trasplante de médula ósea.

Se estudiaron todas las posibilidades. La primera era un trasplante autólogo, en el que se recolectaron células sanas producidas por mi propia médula y, una vez confirmado su buen estado de salud, se utilizaron para reemplazar las células enfermas. El proceso fue largo y doloroso, ya que mataron mis células óseas enfermas, mediante un tratamiento combinado de radio y quimioterapia. No funcionó. No sé explicar las razones médicas, la realidad es que después de todos los padecimientos, el tratamiento fracasó. De forma paralela se realizó un estudio de compatibilidad de médula entre mis familiares próximos, sin que arrojase ningún resultado compatible.

El siguiente paso fue el banco de médula ósea, un organismo que recoge muestras de donantes anónimos para formar una gran base de datos a nivel nacional, que permite ampliar las posibilidades de encontrar un individuo compatible. El cruce de información se realiza mediante técnicas de genética computacional y, en mi caso concreto, apareció un donante cien por cien compatible, que abría la puerta a una curación definitiva. Aunque la información es completamente anónima y confidencial, en esta ocasión el banco se vio obligado a darme algunos detalles: el donante era un joven palestino y, por lo tanto, se requería mi aprobación expresa para recibir el trasplante de su médula.

—Yuval, es la única muestra que hemos encontrado que puede asegurar un nivel elevado de éxito en el trasplante —me dijo el médico. Después continuó con la cabeza agachada, como si le avergonzase su segunda propuesta—. Podríamos consultar a los bancos de países europeos, pero llevará mucho tiempo y retrasará la intervención. Nuestro consejo es que aceptes la médula que te ofrecemos.

No dudé un instante, los esfuerzos de mis padres y del kibutz por darme una educación laica me hicieron un gran favor. Di mi beneplácito sin titubeos.

Unos meses antes del cambio de milenio, tuve que pasar otra vez por el padecimiento de suprimir mi médula ósea para dar paso a la del donante. Es un sufrimiento al que no te acostumbras, se soporta porque sabes que es la solución y que si quieres seguir con vida debes de aguantar los dolores. Lo importante es que las nuevas células madre arraigaron correctamente y comenzaron a producir sangre sana. Nunca he entendido bien cómo se produce el reemplazo de la médula antigua por la nueva y menos aún de mi sangre enferma por la saludable. Lo he intentado imaginar, sigue siendo un misterio. Mi grupo sanguíneo cambió, había sido A positivo y, al cabo de unos meses, pase a ser 0 negativo. Visualizo la sangre de mis brazos, piernas, estómago, hígado y resto de órganos siendo empujada por la nueva sangre, como pasajeros de metro que sustituyen a los que abandonan los vagones.

Lo que más me cuesta es imaginar cómo se produce este proceso en el cerebro, irrigado por multitud de pequeños capilares. Supongo que se van vaciando todos ellos y llenándose con el nuevo plasma. ¿Adónde va la sangre que los abandona? ¿Sigo siendo la misma persona que antes? ¿Pienso y razono de la misma manera? Médicamente son cambios explicables y me lo han descrito varias veces, aunque debo reconocer que sigo sin comprenderlo del todo. Psicológicamente son transformaciones que te impactan y, al unirse a una época de sufrimiento en la que estás muy sensible, dejan una huella profunda, difícil de definir, pero tangible.

Quizá para las personas con un fuerte sentimiento religioso estos procesos sean más fáciles de asumir, pueden recurrir a un dios que benévolamente aclare o justifique lo ocurrido. Los que han sustituido la religión por un espiritualismo más moderno también encuentran dónde agarrarse, esa idea abstracta espiritual es una gran ayuda para encontrar sentido al sinsentido. La solución parecía sencilla y me dije:

—Yuval, conviértete en una persona religiosa, o al menos desarrolla tus creencias en el más allá, que te faciliten sobrellevar esta situación.

Sin embargo, los que somos de tendencia materialista estamos obligados a explicar el proceso exclusivamente a través de la dialéctica y de la naturaleza racional del ser humano. Ese humanismo nos da la fuerza de la inteligencia y a su vez nos limita la capacidad de consuelo. Lo único que nos queda es saber que le debemos nuestra nueva vida a quienes nos han ayudado, aunque no sepamos encontrar el camino para agradecerlo. ¡Lo que yo daría por saberlo!

Una vez confirmado el correcto arraigo del trasplante, salí del hospital y solo tenía que volver para realizar visitas ambulatorias, en las que me hacían controles periódicos. Revisaban la presencia de células cancerígenas y hacían pruebas de quimerismo, consistentes en monitorizar la proporción de mis células en sangre y médula ósea que eran originarias del donante. Al cabo de ocho meses, la totalidad de mis células sanguíneas provenían del donante, los niveles de hemoglobina, plaquetas y glóbulos blancos eran ya elevados, y al cabo de un año volvieron a entrar en los rangos saludables. Seguirían los controles durante los próximos cinco años, pero la remisión de la enfermedad pudo darse por completa.

Los últimos pasos de mi recuperación coincidieron con la segunda intifada. Mientras me estaban extrayendo muestras para un análisis de monitorización en el mes de septiembre, vi en la televisión de la sala del banco de sangre cómo, tras la visita de Ariel Sharon a la explanada de las mezquitas, los palestinos arrojaban piedras a los judíos que se encontraban orando en el Muro de las Lamentaciones. La policía israelí no tardó en responder con fuego real. Después comenzaron una serie de violentos disturbios y batallas urbanas, que duraron hasta final de año. Ese otoño fui llamado a incorporarme como reservista en el ejército israelí. Primero me enviaron a Jerusalén Este, donde estuve patrullando las calles e involucrado en varios disturbios urbanos. Después me destinaron a Cisjordania, donde presencié la muerte de compañeros del ejército israelí y de palestinos contra los que nos enfrentábamos.

A medida que avanzaba el conflicto me costaba más entender las razones de aquella guerra, aunque quizá no es la forma adecuada de expresarlo: entendía que luchábamos por la supervivencia de nuestro pueblo, y que era necesario asegurar la seguridad de nuestra gente. El pueblo judío ha sufrido enormes crueldades a lo largo de su historia y tenemos derecho a defendernos y a luchar por un territorio que fue nuestro antes que de los árabes. Esta premisa la había aprendido en la escuela desde pequeño, además la había vivido directamente en mi infancia y juventud en el kibutz.

Cuando era niño, todavía quedaban algunos de los primeros colonos fundadores de Ramat David, que contaban su huida desde Europa y su establecimiento en la tierra que después trabajarían y harían suya. Una tierra que habían comprado con donativos y que les pertenecía a ellos como miembros de la asociación de kibutzim. Aunque ese derecho a nuestro país me parecía indiscutible, me surgían dudas sobre la forma en la que lo poníamos en práctica y cada vez me sentía más alejado de cómo lo defendíamos. Llegó un momento en el que mis dudas se hicieron tan fuertes que me resultaba imposible abstraerme, me asaltaban en las situaciones más inesperadas y obstaculizaban mi capacidad de reacción.

La primera vez que se interpusieron con mis deberes militares fue cuando me impidieron apretar el gatillo ante una manifestación violenta de palestinos, muchos de ellos muy jóvenes, no por ello menos peligrosos. Tenía orden de disparar para mantenerlos a raya y evitar males mayores, me resultó imposible, y fueron otros soldados de mi batallón los que se encargaron de hacerlo.

La segunda vez fue en una patrulla de vigilancia que hacíamos cuatro compañeros del ejército. Sufrimos una emboscada a la salida de Ramala y me quedé completamente bloqueado, ante la mirada de un chico que me estaba lanzando una piedra. Lo último que recuerdo es un golpe seco en la sien y caer al suelo desmayado. Cuando volví a recuperarlo atardecía, y estábamos reagrupados en un campamento alejado de la ciudad. Estaba tumbado en una camilla dentro de la enfermería, me dolía la cabeza y al llevarme la mano a la frente encontré un vendaje, al retirarla tenía los dedos manchados de sangre. No era nada grave, tenía que cuidarlo y desinfectarlo para evitar complicaciones. Podría irme cuando me encontrase bien.

Al cabo de unos minutos decidí levantarme y dar un paseo en torno al campamento, antes de volver a mi tienda. Llegué hasta el lugar donde habían instalado una valla metálica con concertinas para retener a una decena de prisioneros. Dentro se encontraba el chico que me había lanzado la piedra. Se asustó al reconocerme y retrocedió, como si creyese que yo buscaba venganza. Le ofrecí un cigarrillo, se acercó, lo cogió a través de la valla y se lo encendí con camaradería. Intenté hablar con él, utilizando mis conocimientos de árabe que aprendí con los trabajadores de la fábrica de remolques.

—Yo soy Yuval, ¿tú cómo te llamas? —hablaba despacio y vocalizando, acompañando mis palabras de gestos.

—Mohamed, yo soy Mohamed —me contestó y después dio una calada profunda al cigarrillo

—¿Eres de Ramala? ¿Has vivido siempre en Cisjordania?

—Siempre. Mi familia vivía próxima a la costa, en lo que hoy es Haifa. Tuvieron que desplazarse en los años cincuenta —dijo Mohamed—. Nací cerca de Ramala hace poco más de veinte años.

—¿Has vuelto alguna vez?

—Cuando era pequeño nos acercamos algún día al mar. Íbamos a la playa de Acre. Hay una fotografía de los primos en la playa, tengo seis años y estamos sonrientes —otra calada al cigarrillo. Una sonrisa evocadora en su cara.

—A esa playa nos llevaban a nosotros en las salidas con la escuela. Me encantaba. Recuerdo las bolitas negras de asfalto, sólidas como perlas en el agua fría, se pegaban a los pies cuando andabas por la arena seca. Al salir de la playa había unos cepillos en los que frotabas la planta de los pies para quitarlas.

—En los pies y en la toalla. Mi madre nos reñía cuando devolvíamos la toalla con las manchas negras. Nos obligaba a quitarlas frotando antes de guardarlas.

—A nosotros nos sentaba en las escaleras, fuera de la casa, con una palangana de disolvente. No podíamos entrar, hasta haber quitado todas las bolas. También las de las suelas de las zapatillas de playa.

—Esas eran las peores. Con el calor se pegaban a la suela de goma y no había forma de sacarlas —reímos juntos unidos en el recuerdo.

—En una ocasión me sepultaron dejando la cabeza fuera, haciendo una estrella de arena alrededor —contó Mohamed mirando a lo lejos—. Cuando me desenterré, tenía manchas negras en los hombros y en la espalda. ¡Vaya bronca recibí! Me frotaron hasta desollarme —reímos de nuevo imaginando la piel emborronada.

Los dos chupamos nuestro cigarrillo. Se hizo un silencio. Aproveché la situación para cambiar el tema de conversación, con la esperanza de tener una respuesta.

—¿Por qué nos lanzáis piedras? —pregunté—. Sabéis que no podéis ganar. Lo único que vais a obtener es, en el mejor de los casos, que os hagamos prisioneros, como te ha ocurrido —añadí con voz amable, intentando parecer comprensivo.

—Por dignidad —me miraba con sus ojos negros penetrantes, orgullosos y a la vez abatidos—. Haremos todo lo posible para que no os salgáis con la vuestra, esta es nuestra tierra. ¿Sabes que ya no puedo volver a la playa de Acre?

Excitado, levantó la voz. Llamó la atención del vigía, que me dio el alto. Era un compañero soldado conocido mío desde hace años. Caminó con paso firme hacia nosotros y se dirigió a mí con tono recriminatorio.

—¡Yuval! ¿Cómo puedes estar hablando con el palestino, después de lo que has hecho? —me preguntó con enfado evidente. Pasó la mano por el cargador de su arma que llevaba en bandolera—. Pusiste en peligro a toda la patrulla.

Quedé petrificado, mientras Mohamed se retiraba sigilosamente para confundirse con los otros reclusos.

—Yo mismo arriesgué mi vida, después de que te diesen la pedrada en la cabeza para salvarte —me agarró del cuello del uniforme y arrastró por el suelo para alejarme de los palestinos. Mientras los otros soldados censuraban mi actitud con la mirada—. ¿Te has vuelto loco? ¿Qué es eso de intentar entablar conversación con el prisionero?

Amagué una contestación, no supe que responder. Miré cabizbajo a mis pies, en una expresión que confundía vergüenza y arrepentimiento. Ni yo mismo sabía lo que me estaba ocurriendo.

—Eso por no suponer que planearas algo más grave como liberarlo —dijo esta vez gritando, cargado de ira.

Mi actitud no ayudaba, le ponía nervioso y empujaba a reaccionar con agresividad—. ¡Lárgate!

Caminé hacia la tienda sin mirar a los soldados que murmuraban a mi paso. Un sentimiento de culpa que me impedía dormir me acompañó toda la noche. Cuando volvimos al cuartel, decidí recurrir a ayuda psicológica dentro del ejército.

Mi hoja de servicio estaba impoluta, había cumplido todas mis obligaciones en el servicio militar. Fui ascendido a Cabo Primero por mi buen hacer en situaciones adversas y por haberme ganado el respeto de mis compañeros. Al principio, los psicólogos atribuyeron mis bloqueos a un caso de agotamiento; sin embargo, decidieron profundizar en las razones con unas sesiones de psicoanálisis. Cuando expliqué mis cábalas sobre el efecto del quimerismo en mi comportamiento, quedaron sorprendidos.

—Por mis venas corre sangre palestina, que riega mi cerebro de forma continua —les conté con naturalidad algo que ellos ya conocían—. Cada vez que veo fijada en mí la mirada oscura y profunda de un joven palestino, no puedo evitar pensar que quizá sea mi donante de médula. A partir de ese instante me bloqueo, quedan diluidas mis obligaciones militares.

—Vamos a ver Yuval, todo eso son suposiciones tuyas. El hecho de tener un donante palestino no debe afectar en absoluto a tu comportamiento —me contestaban de forma amable, pero tajante—. Estás confundiendo argumentos biomédicos científicamente contrastados con reacciones psicológicas. Tu conducta es completamente independiente del origen de tu médula.

—Lo entiendo y sé lo que queréis trasmitirme —pasé la mano por mi cabeza rapada antes de continuar—.

Comparto el razonamiento, sin embargo, cuando llega el momento de la acción se despierta en mí un sentimiento profundo, atávico, que me paraliza.

—Tienes que superarlo. El primer paso es corregir tu pensamiento, si como dices comprendes que esas suposiciones tuyas no tienen sentido, tienes que actuar en consecuencia. Inténtalo, si vemos que no da resultado buscaremos otra forma de actuar.

Me dieron el alta y me incorporé de nuevo a mi batallón. Primero realicé tareas administrativas, pronto me asignaron patrullas dada la falta de personal. Puse todo de mi parte e incluso encontré la comprensión inicial de mis camaradas; sin embargo, a la hora de la verdad no se produjeron cambios. Los bloqueos eran persistentes. Volvieron a salir a la luz mis limitaciones, en acciones bélicas que podían suponer un riesgo para mis compañeros, por lo que el equipo médico recomendó un permiso largo para recomponerme.

Volví al kibutz, donde fui bien acogido. Habían dejado de contratar a los trabajadores árabes debido a las tensiones surgidas y necesitaban mano de obra. Comencé a trabajar en la fábrica de remolques y maquinaria agraria, donde las carencias se dejaban sentir con más peso. Trabajábamos cuarenta horas a la semana acarreando pesos y manejando máquinas que exigían destreza y fuerza. Nos habíamos convertido en una auténtica fábrica, y los remolques construidos ya no solo los enviábamos a otros kibutzim, sino que los vendíamos en el resto del país y algunos eran exportados al extranjero. Los cambios que acompañaban a esta exitosa fuente de ingresos eran una mayor especialización, ya no se seguían turnos semanales alternando la fábrica con la recogida de peras, la lechería o las tareas en la cocina, sino que cada miembro se dedicaba a las labores para las que se le consideraba más capacitado.

La transformación del kibutz había ido más allá y se habían privatizado algunos de los medios de producción. La propiedad de la fábrica de remolques se compartía con una empresa que se encargaba de la comercialización; los servicios de comida comunes habían sido externalizados y muchos de los habitantes habían dejado de utilizarlos; se había implementado de forma extensiva el salario diferencial y la propiedad privada. Algunos habitantes habían comprado las casas en propiedad y, aunque vivían en el kibutz, se desplazaban todos los días a Haifa, donde trabajaban. Aquella idílica sociedad de los fundadores, heredada parcialmente por mi generación, se mantenía en la mente de los nostálgicos como yo; sin embargo, se había convertido en un núcleo urbano, que basculaba entre un pueblo típico de cualquier país occidental y una urbanización individualista americana. Supongo que así es la vida y hay que adaptarse, de poco sirve decir que fueron mejores los tiempos pasados para obtener consolación.

En la fábrica metalúrgica me pusieron a cargo de la sección de chapa, cortábamos láminas de acero según las dimensiones que nos indicaban y después se troquelaban para el montaje. El trabajo era agotador, pero gratificante. Esas dos peculiaridades le venían bien a mi convalecencia. Gratificante porque al final de cada día podía ver los remolques construidos alineados delante del hangar. Agotador porque caía en la cama abatido por el esfuerzo físico y me proporcionaba el reposo que necesitaba para recuperarme. A medida que pasaba el tiempo fui sanando y, al igual que en un aljibe se van depositando lentamente los posos para dejar el agua cristalina en la superficie, mi cerebro iba aclarándose y depurando los pensamientos.

El resultado de este proceso de aquilatación distaba mucho de ser el deseado por mi equipo psicológico del ejército, pero iba adquiriendo la fuerza y la perfección de una perla formada por la deposición de las finas capas de nácar. Fui olvidando mis cábalas sobre el efecto de la médula palestina en mi razonamiento, mientras seguía reforzando la idea de que judíos y palestinos debíamos ser capaces de convivir. El destino había llevado a nuestros dos pueblos, ambos maltratados por otros con quienes habían coexistido a lo largo de la historia, a compartir un mismo territorio de dimensión y riqueza limitadas. Era nuestra responsabilidad ponernos de acuerdo para encontrar la mejor manera de convivir. Nuestra forma de colonizar el territorio vino empujada por la urgencia y la necesidad de establecer una población cruelmente perseguida en Europa, acompañada por la inteligencia y la decisión de unas personas que supieron transformar una tierra yerma en feraz y crear una sociedad moderna, que permitió el desarrollo pleno de hombres y mujeres.

En nuestro avance imparable, el pueblo palestino había sido desplazado y, si bien al principio se hicieron esfuerzos para darle cabida, se le había llevado a una situación cada vez más arrinconada, donde solo quedaba espacio para la desesperanza. El gran reto que teníamos por delante en Israel era encontrar la forma de vivir juntos, palestinos y judíos, en aquel territorio. Se había hablado recientemente de la creación de dos Estados, incluso había quien proponía una confederación con libertad de movimientos. Yo no soy político y desconozco cual será la solución que pueda implantarse, pero de lo que estoy seguro es de que el diálogo es la única vía para que podamos vivir en paz. Surgirán muchos enemigos y agentes que intenten desestabilizarlo, sin embargo, si conseguimos ponernos de acuerdo y somos constantes lo conseguiremos. Las quimeras no son estables y en su interior llevan el germen de las reacciones que las puede destruir, solo la acción continua por afianzarla nos llevará a una sociedad justa y perdurable. Al fin había encontrado el sentido de mi vida, una razón a la que dedicar mis esfuerzos.

En una de las visitas de un antiguo compañero del kibutz que trabajaba para el gobierno, estuvimos hablando durante una acalorada cena prolongada en una larga sobremesa. Comprendía mis ideas, me dio una larga lista de autores y libros para leer y me animó a trasladarme a Jerusalén para conocer a otras personas que compartiesen mi forma de pensar.

—Yuval, necesitamos gente como tú que quiera unirse a los movimientos por la paz —me dijo con una voz casi suplicante. Luego levantó la cabeza y con mirada orgullosa continuó—. Somos muchos y tenemos que apoyarnos entre nosotros. Cada uno contribuye como puede, todos juntos podemos encontrar una solución pacífica.

Me mudé en otoño y, gracias a sus contactos, comencé a trabajar en una oficina gubernamental. He estado haciendo todo tipo de pequeños trabajos de apoyo, desde documentalista informático y soporte propagandístico, hasta encargado de seguridad en algunos eventos. Soy lo que se llama «un chico para todo», no soy imprescindible para nada, pero sé que, gracias a mi ayuda, muchas de las acciones que se planean pueden salir adelante.

Estamos a finales de enero y hemos venido a Taba a una cumbre entre Israel y la Autoridad Nacional Palestina. Mis jefes están muy contentos y aseguran que es la conferencia de paz en la que más se ha avanzado, los representantes de ambas partes están interesados en una solución que, confían, será aprobada posteriormente por sus respectivos gobiernos. En Israel habrá elecciones a principios de febrero, y será determinante el resultado para seguir avanzando en los acuerdos. Hay muchos temas candentes, el retorno de los refugiados palestinos, la ciudad de Jerusalén, el control de los asentamientos judíos en Cisjordania y Gaza... pero al menos están hablando y discutiendo sobre ello, en lugar de dispararse en campo abierto.

La noche es templada y he venido a la playa para oír el mar y dejarme llevar por los vaivenes de las olas. El agua tiene un color azul intenso y refleja enfrente las luces de Aqaba. A pocos metros a mi izquierda está la frontera con Israel y unos kilómetros más allá la ciudad de Eilat. Muchas líneas divisorias en un territorio tan reducido, lo bueno es que aquí sientes que la gente tiene expectativas de mejora y reina la paz.

El agua me acaricia los pies en sosegados movimientos y me agacho para mojar las manos. Tumbado sobre la arena, extiendo mis brazos y los muevo de arriba abajo, dejando dibujada sobre la playa la silueta humana con alas extendidas. Sé que es un sueño, una quimera. Sin embargo, cuando me levanto y veo la figura alada reflejando la luz de la luna creciente, siento un escalofrío que me llena de ilusión y esperanza.

V

La muerte de la Quimera

El título de este capítulo es contradictorio, ya que la Quimera es sempiterna, un ser que tuvo un origen, pero no tiene fin. Es inmortal. En el mito griego, la Quimera es asesinada por Belerofonte que, montado sobre el caballo alado Pegaso, se acerca a ella y le introduce una lanza por la boca. Debido al fuego que sale de su garganta, el plomo de la punta se funde y precipita su muerte. Esta pelea ha sido representada en muchas ocasiones, tanto en cerámicas como en mosaicos griegos y romanos. Aunque muchas de ellas son para poner de manifiesto la hazaña de Belerofonte, en todas, el monstruo tiene una presencia destacada, bien porque de esa manera se ensalza más al héroe, bien porque la iconografía de la bestia resulta fascinante.

Belerofonte es un personaje discutido, ya que, aunque llevó a cabo varias proezas, es extremadamente soberbio. Para hacerse una idea, después de haber matado accidentalmente a un tirano de Corinto llamado Belero, se cambió su nombre original por el de «asesino de Belero». Para algunos autores personifica la razón, aniquilando las perversiones representadas por la Quimera. Es, por tanto, una razón aplastante, de esas que nos aseguran poseer la verdad y que se sienten con el derecho de imponerla sobre las demás.

Otros autores resaltan su insolencia, que le llevó a intentar ascender al Olimpo a lomos de Pegaso para convertirse en dios. Zeus no se alteró gran cosa; le envió un insignificante mosquito que, con un picotazo en el lomo, encabritó al caballo, tiró al jinete a la tierra y resultó herido. Como castigo, Belerofonte quedó condenado a vagar lisiado y apartado del resto del mundo durante el resto de su vida. Quizá la ambición de aniquilar las perversiones quiméricas fue ya una muestra de desmesura.

Pegaso es un mito atractivo y menos discutido. Era hijo de Poseidón, y le fue entregado a Belerofonte de la mano de Atenea. Cuando subió al Olimpo, Zeus lo guardó en sus establos y se convirtió en uno de sus caballos favoritos. El mito del caballo alado existe en muchas culturas, desde las orientales a la árabe, y su representación se ha incorporado a la iconografía moderna.

Es curioso que, al mismo tiempo que presenta fuertes lazos con los mitos de la razón como Atenea y Belerofonte, la figura tiene un toque quimérico, ya que viene de la unión de dos realidades: cuerpo de caballo y alas de ave. Quizá nos esté diciendo que preservar, dentro de la razón pura, un espacio a lo misterioso y desconocido puede tener sus ventajas, entre otras la humildad de reconocer las limitaciones propias.

Parece más adecuado olvidarnos de Belerofonte y pensar en Pegaso como la representación de la razón. Es el intelecto que no busca la muerte de la Quimera, sino que persigue la exaltación imaginativa para potenciar la fuerza del mito racional. De hecho, esto permitiría solucionar la contradicción inicial, la Quimera no fue asesinada, sino derrotada, perdura refugiada en su guarida. Según nos cuenta algún poeta está desolada, porque ya no tiene el poder de antaño, quién sabe si con un poco de ayuda podrá volver. Quizá podría regresar bajo formas más amables y enriquecer la vida de los humanos.

Esas formas más amables de la Quimera pueden venir de la interpretación que Robert Graves hace del mito. En ella, la derrota de la Quimera representa el dominio de las sociedades patriarcales sobre las originarias matriarcales. Aquellas antiguas sociedades de tendencia panteísta, en las que la Quimera representaba el paso de la vida o del tiempo, fueron relegadas y reemplazadas por la nueva teología griega, en la que un Zeus despótico y machista esparcía poder y esperma a su antojo. La derrota cierra el paso a los mitos anteriores y los relega al submundo y a las fuerzas de la oscuridad. Así que la forma sobre la que podrían volver las quimeras sería aportando algo de aquellas fuerzas primigenias matriarcales que, en su momento, fueron desterradas.

Otro aspecto interesante del mito es cómo se produce la muerte de la Quimera. Primero lo intenta Belerofonte con flechas que no le hacen daño; después, introduciéndole un trozo de plomo por una de sus bocas. En algunas versiones el plomo está en la punta de la lanza con la que es atacada, en otras es un proyectil lanzado y tragado por el monstruo. En cualquier caso, lo interesante es que el plomo se funde debido al fuego que hay dentro de la bestia y deteriora sus órganos vitales produciendo la muerte. Es decir, el enemigo de la Quimera es ella misma, su propia fuerza y fiereza son las causantes de su derrota.

No parece descabellado pensar que para traer el mito al presente se necesita un buen equipo de doctores, un

equipo capaz de controlar las pugnas entre los distintos componentes de la Quimera para darle una segunda
oportunidad de vivir.

La lucha por la vida

Desde tiempos inmemoriales, el ser humano ha estado interesado en reutilizar los miembros ajenos para recomponer cuerpos en los que falten. Es fácil de comprender, ya que es una reacción muy intuitiva; si un hombre pierde un brazo, lo más lógico será intentar reemplazarlo por el de un compañero o un enemigo; si una mujer queda con una mano inservible en un accidente, quizá pueda ser sustituida por otra funcional. La realidad es tozuda, así que los primeros intentos mostrarían que ese tipo de injertos no funcionaban. Un hábil chamán podía tener éxito en pegar un trozo de oreja o de dedo al mismo cuerpo del que había sido arrancado, pero unir las partes de dos cuerpos diferentes no era posible. Después de muchos esfuerzos, la medicina moderna ha conseguido desentrañar el misterio y encontrar las razones por las que aquellas uniones eran inviables, lo ha logrado paso a paso, en una historia que podemos denominar «la lucha por la vida».

La idea de crear quimeras la había concebido ya el hombre prehistórico. Una de las primeras expresiones artísticas que conocemos está compuesta por un cuerpo humano con cabeza de león aparecido en la cueva de Stadel (Alemania) y datado en unos 32.000 años. Otras manifestaciones prehistóricas muestran este tipo de figuras mixtas entre humano y animal, probablemente apoyadas en las creencias animistas de nuestros antepasados, que perduraron mucho tiempo. Existen innumerables ejemplos de representaciones de este tipo a lo largo de la historia. Las encontramos en los restos asirios, egipcios, hindúes o chinos, que llegaron en distintas formas hasta el mundo persa y grecorromano. En la tradición cristiana también se incorporaron y pasaron al mundo moderno con honores, basta pensar en Cosme y Damián, dos médicos de la península arábiga que fueron beatificados siendo uno de sus milagros el injerto de una pierna a un diácono, a quien habían amputado la suya por enfermedad. Todo esto eran ficciones, ya que no se comenzaron a realizar trasplantes de miembros y órganos entre cuerpos diferentes hasta el siglo XIX y no llegaron los primeros éxitos hasta bien entrado el siglo XX.

El mayor inconveniente que se encontraron para llevar a cabo los trasplantes era cómo conectar el injerto del órgano en el cuerpo del donante. Se pudo resolver gracias a los avances en la vascularización realizados en la primera década del siglo XX por investigadores como el francés Alexis Carrel. Originario de Lyon, su familia provenía de la industria textil y había aprendido técnicas de costura de las mejores bordadoras francesas. Una vez licenciado en Medicina emigró a Estados Unidos, donde se unió a los equipos pioneros en cirugía experimental, especializados en la investigación de trasplantes de órganos y tejidos. Así, a principios del siglo XX, propuso un método de sutura vascular, que permitía unir los vasos sanguíneos, venas y arterias, entre sí. Hasta entonces se habían unido mediante cánulas de hueso o de metales preciosos, que daban lugar a coágulos, trombos y fallos continuos. El nuevo método recuerda enormemente a los trabajos de bordado; el cirujano le daba la vuelta a las paredes de los extremos de los vasos y los suturaba con parafina, como quien cose el dobladillo de las mangas de una chaqueta. Conseguía unir los vasos, y en el interior no quedaban hilos sueltos, de forma que se evitaban los problemas anteriores, de esta forma dio un primer paso esencial para la conexión y funcionamiento de diferentes órganos y tejidos. Siendo un cirujano extremadamente habilidoso, consiguió unir vasos sanguíneos de un milímetro de diámetro, y aplicó su saber a mejorar el éxito de los autoinjertos en animales y humanos[10].

Solucionado el tema de la conexión, durante las siguientes décadas se dieron múltiples intentos de realizar trasplantes entre dos cuerpos diferentes, tanto entre animales –perros principalmente– como de animal a humano. Es sorprendente lo atrevidos que eran los cirujanos durante esta época; se realizaban injertos en los que se ponía un riñón en el lomo o la pata trasera de un perro. A una mujer se le llegó a injertar un riñón procedente de una cabra en el codo.

Un mismo médico era capaz de realizar él solo más de cien trasplantes entre perros. Suponemos que las técnicas de sutura fueron enormemente perfeccionadas y también que los animales callejeros rehuían el entorno de los hospitales más punteros. Todos estos trasplantes tenían algo en común: acababan en fracaso. A los pocos días se producía la muerte del animal, del paciente o de ambos. Era evidente que había algo, más allá de la vascularización, que impedía que se consiguiesen organismos viables.

Sin embargo, los investigadores no se desanimaron y continuaron con su labor, de forma que, hacia mediados de siglo, se realizaron varios intentos de trasplante renal entre humanos. El riñón se había convertido en el órgano de referencia. Por una parte, era relativamente fácil de injertar, por otra, permitía confirmar fácilmente su funcionamiento si producía orina y, obviamente, el hecho de que cada persona posea dos facilitaba la disponibilidad de órganos vivos. Se confiaba en que, al hacer el intercambio entre humanos, podría mitigarse el rechazo asociado al intercambio entre diferentes especies. Incluso se realizaron trasplantes entre familiares próximos, como madre donante e hijo receptor, con la esperanza de que el parentesco facilitase la compatibilidad. El más famoso se produjo en 1952, cuando un joven carpintero francés de dieciséis años perdió su único riñón en un accidente laboral. Su madre, desesperada, se presentó voluntaria para donarle uno de los suyos. El equipo de Jean Hamburger aceptó llevarlo a cabo para evitar la situación terminal del joven. Por desgracia, aunque inicialmente fue un éxito, el carpintero murió a los veintidós días del injerto.

Hubo otros intentos, y se consiguieron trasplantes que fueron funcionales durante unas semanas —meses, en el mejor de los casos— y durante uno o dos días en la mayoría. Los nuevos descubrimientos ponían de manifiesto el papel fundamental del sistema inmunológico, en el intercambio entre células de diferentes individuos. Así, el austriaco Karl Landsteiner había descubierto los grupos sanguíneos, que permitieron ampliar el éxito de las transfusiones de sangre. En el laboratorio se había comprobado que, emparejando repetidamente ratones de la misma descendencia, se obtenían líneas puras, con una carga genética muy similar, y que los trasplantes de órganos entre individuos distintos daban mínimos problemas de rechazo.

De hecho, el primer trasplante entre humanos que tuvo éxito demostró indirectamente la importancia de la compatibilidad inmunológica, ya que se llevó a cabo entre dos hermanos gemelos homocigóticos, idénticos genéticamente. Fue el 23 de diciembre de 1954 y lo realizó el equipo del doctor Joseph Murray en Boston (Estados Unidos). Uno de los hermanos, Richard Herrick, fue diagnosticado con veintitrés años de una enfermedad renal que le llevaría a la muerte en unos pocos meses. Su hermano Ronald actuó como donante, cediéndole uno de sus riñones, que se encontraba en perfectas condiciones. La operación fue todo un éxito. Richard sobrevivió y pudo llevar una vida activa, sin síntomas de rechazo, durante los siguientes ocho años. Se enamoró de una de las enfermeras que le había cuidado, con la que tuvo varios hijos, hasta que murió por causas ajenas al trasplante. Su hermano Ronald falleció cincuenta y cinco años después de la operación, convertido en el donante del primer trasplante exitoso de un órgano vital en la historia de la humanidad.

Se abrió un período en el que la experiencia adquirida con el riñón animó a expandir los trasplantes a otros órganos. Al principio de los años sesenta se llevó a cabo el primer trasplante humano de hígado, por el doctor Thomas Starzl, y el de pulmón, por el doctor James Hardy. Solo fueron viables durante algo más de dos semanas, demostraron que era posible injertar estos órganos, ahora había que aprender a mantener vivos a los pacientes. En 1967, el doctor Barnard lleva a cabo en Sudáfrica el primer trasplante de corazón, tiene una gran resonancia mundial y ayuda a mentalizar a la población sobre el potencial de estas técnicas. Retransmitido en los medios de todo el mundo, los cirujanos adquieren un aura de auténticos héroes, que luchan por defender la vida. El receptor fue Louis Washkansky, un hombre corpulento de cincuenta y seis años desahuciado por insuficiencia cardíaca, y la donante Denise Darvall, una joven de veintiséis en muerte cerebral tras un accidente de tráfico. La operación duró nueve horas, el paciente se encontraba bien a la salida del quirófano, sin embargo, su supervivencia fue de dieciocho días, similar a las alcanzadas por la mayoría de los pacientes trasplantados hepáticos y pulmonares. De hecho, se sabía que el fallo generalizado de estos injertos se debía a un rechazo del órgano, pero no se conocía cómo controlarlo.

En paralelo a los avances de la cirugía en el trasplante se habían ampliado enormemente los conocimientos del sistema inmunológico. Además de los grupos sanguíneos, se había descubierto el funcionamiento del complejo antígeno-anticuerpo, el origen de los anticuerpos en los linfocitos del plasma de la sangre y, en definitiva, el sistema HLA, siglas en inglés para antígenos leucocitarios humanos. El sistema HLA es el perfil genético propio de cada persona, cada uno de nuestros padres aportan la mitad en el momento de la concepción, dando lugar a un nuevo genotipo HLA específico. Asegura la respuesta inmune frente a agentes extraños a nuestro organismo, ya que reconoce la presencia de células con componente genético diferente y activa el sistema de defensa, protegiéndonos de las infecciones o de mutaciones cancerígenas. El descubrimiento del sistema HLA está atribuido al doctor Jean Dausset y explicaba por qué solo habían funcionado los trasplantes entre gemelos idénticos; para evitar el rechazo, los órganos debían ser HLA compatibles. Dada la complejidad del sistema HLA, las probabilidades de éxito en el injerto de un órgano ajeno en un cuerpo receptor eran bajísimas y únicamente podían aumentarse con una preselección.

Esas probabilidades de compatibilidad eran tan bajas que limitaban el éxito de los trasplantes a casos excepcionales, lo que suponía crear un sistema de búsqueda y caracterización de órganos muy avanzado o encontrar alguna manera de debilitar el sistema inmune del receptor. Esta segunda opción se abrió a finales de los años setenta con el descubrimiento de la ciclosporina, un fármaco que disminuye la actividad del sistema inmunitario del receptor y hace que el riesgo al rechazo del órgano injertado se reduzca. En los laboratorios suizos Sandoz tenían un programa de búsqueda de antibióticos, para el cual tomaban muestras de tierra de distintas partes del mundo y aislaban sus microorganismos. En una muestra de suelo proveniente de Noruega aislaron un hongo capaz de producir ciclosporina, sustancia desconocida hasta ese momento. Este compuesto no tenía un gran valor como antibiótico, así que lo descartaron del programa y fue a parar, casi de casualidad, al laboratorio de inmunología de la farmacéutica dirigido por el doctor Jean Borel. En los primeros experimentos con ratas, la ciclosporina demostró su capacidad de inhibir la producción de anticuerpos, y en los trasplantes entre estos animales mostró su idoneidad para mitigar los problemas de rechazo, suprimiendo el sistema inmune del receptor. ¡Un paso de gigante que encontraba la puerta de la supervivencia para los trasplantados!

El desarrollo de las terapias inmunodepresoras para controlar el rechazo, combinado con los avances en otras técnicas quirúrgicas complementarias, lograron que la tasa de éxito en los trasplantes creciese rápidamente a finales del siglo pasado y que el uso de estas técnicas de la medicina moderna se extendiera por gran parte del mundo durante el siglo XXI. Hoy en día esa lucha por la vida no está completamente ganada, porque todavía existen casos fallidos y faltan mejoras por hacer, no obstante, ha permitido conseguir triunfos memorables en los trasplantes de órganos vitales, incluidos los de médula ósea.

Históricamente, la disponibilidad de órganos siempre ha sido una limitación para poder realizar trasplantes, siendo mucho más elevado el número de personas necesitadas de un órgano que el número de donantes. Hasta finales de los años sesenta el intercambio de órganos era, sobre todo, de carácter local e informal, entonces hubo varios hitos relevantes que precipitaron cambios en la situación. La primera organización para el intercambio de órganos se le atribuye al doctor Terasaki en 1967, que creó un registro de donantes en Los Ángeles (California). El doctor Terasaki era un incansable trabajador especializado en estudios del sistema inmunológico, que desarrolló estándares internacionales de caracterización de HLA para añadir al registro y favorecer la búsqueda de donantes compatibles. Curiosamente, al ser su familia de origen japonés, al principio de la Segunda Guerra Mundial había pasado tres años de su juventud en un campo de concentración para americano-japoneses en Arizona. Esta experiencia no creó en él rencor hacia la sociedad que limitó su libertad, sino que Terasaki contribuyó a ella con un ejemplo de generosidad filantrópica. Al año siguiente se creó en Nueva Inglaterra una organización similar de procuración de órganos y, en los años venideros, se fundaron centros de donación de órganos en otros estados y otros países. Hoy las organizaciones nacionales de trasplantes y otras fundaciones están realizando una labor excelente, tanto en concienciar a la población en cuanto a la relevancia de donar sus órganos para poder facilitar o salvar la vida de otras personas como en coordinar los intercambios entre pacientes, regiones y países. Estas organizaciones son las que han permitido desarrollar el sofisticado sistema de captación, caracterización y preservación que se necesitaba para aumentar la probabilidad de encontrar órganos HLA compatibles. Localizar a un donante compatible en el país del paciente o en otro diferente, coordinar la extracción del órgano para asegurar el transporte y el injerto en el menor tiempo posible al receptor, es, cuanto menos, una hazaña equiparable a la de muchas de las batallas bélicas mitificadas en absurdas guerras a lo largo de la historia.

Otro hito que fue muy importante en los trasplantes de órganos es la definición del concepto de muerte cerebral o encefálica. Se atribuye a los doctores franceses Mollaret y Goulon, que se preguntaron cuál era el significado de la muerte en los pacientes terminales. Observaron que algunos pacientes que entraban en coma irreversible ya no podían regresar de él, porque se producía un cese completo de su actividad cerebral. En algunos casos podían mantenerse las funciones de los órganos vitales, por lo que es fácil imaginar la controversia que produjo en su momento. La pregunta era inevitable; ¿cuándo se puede declarar la defunción de un paciente? En 1968, un comité de expertos de la Escuela de Medicina de la Universidad de Harvard estableció los criterios para definir la muerte cerebral y en los años siguientes se incorporaron a la legislación de los países occidentales. Una vez aceptada de forma general la muerte cerebral, se abría la puerta a que se donasen los órganos de personas que estuviesen en esta situación, órganos que estaban vivos y que podían ser funcionales y salvar las vidas de otros pacientes. Hoy en día existe la posibilidad de realizar un testamento vital, por el cual una persona puede dejar por escrito, en caso de accidente o enfermedad terminal, la cesión de sus órganos para trasplantes. Si la persona que se encuentra en esta situación terminal no ha dejado escrito testamento, los familiares pueden dar consentimiento para la donación de sus órganos. Gracias a estas donaciones, basadas en la generosidad, se salvan cada año decenas de miles de vidas en el mundo[7].

A pesar de todo, en Europa se estima que por cada nueve personas esperando un trasplante, hay un donante anual disponible. Por ello, es muy interesante la opción que nos ofrecen los xenotrasplantes para aumentar la disponibilidad de órganos en el futuro. Los xenotrasplantes son trasplantes de órganos entre especies animales diferentes, siendo de cerdo a humano aquellos que actualmente presentan más interés. Se han realizado ya con éxito trasplantes experimentales de corazón o riñón, y se están solucionando los problemas de rechazo agudo e hiperagudo que limitan la supervivencia del paciente. Estos cerdos suelen estar modificados genéticamente, bien porque se les han introducido genes humanos por transgénica, bien por modificación directa de su ADN.

Las modificaciones van destinadas a aumentar la compatibilidad de los órganos que serán trasplantados con los humanos receptores, dando un paso en la ciencia médica que podría suponer un conflicto ético para algunas personas. Sin embargo, podremos superar estos prejuicios si pensamos en las ventajas para la salud que pueden aportarnos estas nuevas tecnologías debidamente reguladas. Una buena forma de entenderlo es ponernos en el lugar del otro e imaginar que quien necesita el trasplante es un hijo, un hermano, un ser querido.

*   *   *

El trasplante de médula ósea merece una explicación aparte para aclarar malentendidos. La médula es el tuétano de los huesos y se encuentra situada en su interior, un lugar muy protegido donde se genera nuestra sangre. Por eso, el trasplante consiste en sustituir las células madre de la sangre, llamadas también *hematopoyéticas*, que quiere decir «creadoras de sangre» en griego, por células madre que estén sanas. La mayoría de los trasplantes que se realizan son autólogos, es decir, las propias células del paciente son extraídas, tratadas fuera de su organismo y, una vez sanas, se vuelven a introducir. Una tercera parte son trasplantes alogénicos, en los que las células madre que son injertadas al paciente provienen de un donante, y, por lo tanto, el organismo trasplantado se convierte en una quimera. El objetivo es cambiar todo el sistema inmune y generador de sangre del paciente, uno de los retos biológicos más difíciles que ha afrontado la medicina en cuanto a los trasplantes.

Si hay un investigador que ha destacado en los trasplantes de células madre de la sangre es el doctor D. E.

Thomas, que llevó a cabo el primer trasplante de este tipo en 1956. Su equipo administró por vía intravenosa a seis pacientes con enfermedades hematológicas terminales la médula ósea extraída del interior de las costillas y las crestas ilíacas de un cadáver, de un feto y de donantes adultos vivos. Todos los pacientes fallecieron al poco tiempo, probablemente por la enfermedad injerto contra receptor, ya que todavía no se conocía la importancia del sistema HLA, pero se demostró que era posible repoblar y producir una nueva médula mediante este tipo de injertos. En años sucesivos, hubo otros intentos realizados por diferentes equipos médicos. Por ejemplo, se llevaron a cabo para tratar leucemias aparecidas tras la exposición a elevadas dosis de radiación en víctimas de un accidente nuclear, en ningún caso se lograron supervivientes a largo plazo.

Los hematólogos se unieron a los oncólogos en la búsqueda de tratamientos inmunodepresores para el control de los problemas de rechazo, a la vez que avanzaban en las mejoras de los equipos de transfusiones y tratamientos de infecciones. Así, llegamos a 1969, cuando el equipo del doctor Thomas realizó con éxito el primer trasplante de células madre de un donante a un receptor que no era su gemelo idéntico. En las últimas décadas del siglo pasado los avances en los injertos alogénicos fueron progresando de forma espectacular. A principios del siglo XXI se extendieron para el tratamiento de enfermedades cancerígenas como leucemias y linfomas, así como otras enfermedades de la sangre, en muchos países del mundo. El doctor Thomas recibió el Premio Nobel junto al doctor Murray en 1990, por sus avances en la medicina del trasplante. A pesar de no ser una persona particularmente adinerada, donó íntegramente los 350.000 dólares del premio al Fred Hutchison Cancer Center, en el que había trabajado atendiendo pacientes durante buena parte de su vida.

Quizá se estén preguntando cómo se realiza el injerto de la médula ósea. Actualmente hay tres maneras: por injerto directo de médula ósea, mediante sangre periférica o a través de sangre de cordón umbilical. La primera consiste en la absorción directa de la médula ósea del donante, que será trasplantada al receptor. Se realiza en el quirófano con anestesia total o epidural del donante, al que se le realizan perforaciones en los huesos y se le aspira la médula ósea que después es injertada al receptor. Hoy en día esta técnica ha quedado reducida a muy pocos casos, por suerte para los donantes, ya que no tienen que pasar por una operación tan complicada.

La técnica más utilizada es la extracción por sangre periférica, en la que el donante se pone inyecciones subcutáneas diarias durante los cinco días anteriores a la extracción, de esta forma se estimula la producción de células madre que son liberadas a la sangre. Al quinto día se va extrayendo la sangre con un catéter, pasándola por un equipo que, mediante centrifugado y membranas, va separando las células madre del resto. Después su sangre vuelve a su organismo por el mismo catéter. Este proceso se denomina aféresis, puede durar entre cuatro y seis horas, dependiendo de la cantidad de células madre que se requieran, y tiene la ventaja de disminuir las molestias para el donante. Es normal que sufra cierta fatiga, pero se recupera en pocos días y no se han detectado efectos secundarios. Al receptor se le injertan las células madre recolectadas vía catéter, proceso que no tiene asociado ningún dolor, y se le prepara para padecer un sufrimiento ligado a la eliminación de su médula ósea tóxica por quimio o radioterapia y a la enfermedad injerto contra receptor que puede durar entre seis meses y un año, en la mayoría de los casos.

El hecho de minimizar el malestar sufrido por el donante es muy relevante, ya que, aunque las técnicas estaban preparadas para salvar muchas vidas, todavía faltaba una pieza fundamental. ¿Cómo conseguir un donante de médula ósea HLA compatible? En 1971, Shirley Nolan, una profesora de enseñanza secundaria inglesa que había emigrado a Australia, dio a luz a un niño, Anthony Nolan, al que le diagnosticaron una extraña enfermedad de la sangre denominada síndrome de Wiscott-Aldrich. La única solución para prolongar su vida pasaba por reemplazar su médula ósea mediante un trasplante. Después de estudiar a los familiares cercanos no encontraron ninguno que fuese HLA compatible, así que su madre comenzó una campaña internacional para encontrar un donante potencial. No lo consiguió, al igual que les ocurría a las tres cuartas partes de los pacientes necesitados, y su hijo murió a la edad de siete años. Tuvo que ser muy duro para Shirley, pero es admirable su reacción. En 1974, fundó en el Reino Unido el primer registro de donantes de médula ósea, hoy en día parte de la Fundación Anthony Nolan. Ha ayudado a salvar muchas vidas y sirvió de ejemplo a muchos otros países. En España, un registro similar fue fundado en 1988 por el tenor Josep Carreras, después de padecer leucemia. En Europa, todos los registros están coordinados y, en 2008, se logró el hito de que más de la mitad de los donantes de médula no han sido familiares de los receptores.

Gracias a todos estos avances, «la leucemia ha pasado de ser una enfermedad que hace unas décadas suponía una sentencia de muerte», en palabras del doctor Thomas, a tener una tasa de supervivencia superior al 70 %, según los datos proporcionados por la Fundación Josep Carreras[11]. Ha sido largo el camino recorrido en la lucha por la vida, todavía queda un buen trecho por recorrer.

VI

Reconocimiento y generosidad

La lucha por la vida a la que tantos doctores e investigadores han dedicado su carrera tiene un carácter épico, tanto, que bien podría venir Homero a componer una oda a los héroes que han participado en ella. Mi homenaje pretende ser más modesto, y sería incompleto si no incluyese el reconocimiento a todos los equipos sanitarios del mundo, que se encuentran involucrados en los procesos de trasplante. Como considero que la mejor forma de generalizar es partir de lo concreto, quiero hacerlo expresando mi más profundo agradecimiento al personal del hospital en el que estuve ingresado y que me proporcionó los cuidados necesarios para salir adelante: la Fundación Jiménez Díaz de Madrid.

Entré al hospital por accidente. Una analítica de sangre para unas pruebas preoperatorias sin importancia desveló que tenía una leucemia mieloide aguda. Estaba vivo de casualidad, podía haberme caído muerto en medio de la calle por una parada cardíaca en cualquier momento. Me ingresaron con carácter de urgencia para someterme a un tratamiento y controlar la enfermedad. Dos quimioterapias, una primera de inducción y otra segunda de consolidación, permitieron rebajar los niveles de células cancerígenas por debajo del 4 % al cabo de dos meses y medio. A esos niveles se considera que la enfermedad no produce daños mayores, pero, dependiendo de la agresividad, no es posible asegurar que no habrá un nuevo brote en los siguientes meses.

Mientras duró el tratamiento el equipo médico llevó a cabo estudios para evaluar la gravedad de la enfermedad. En mi caso no se había propagado por el resto de mi cuerpo y la leucemia se calificó de agresividad intermedia. Si hubiese sido de agresividad elevada, probablemente me habría fulminado antes de escribir este texto. Que no era leve había quedado claro por los síntomas y la dificultad en controlarla. La solución pasaba por un trasplante de médula ósea, que reemplazase la mía por otra sana capaz de producir sangre funcional.

Durante todo este tiempo estuve en manos del equipo sanitario del hospital. Inicialmente aislado en una habitación durante el mes que duró la quimioterapia de inducción, después en una habitación compartida de la planta de oncología, seguí con visitas ambulatorias en las que daban continuidad a la terapia. Finalmente, me aislaron de nuevo para el trasplante durante un mes y reinicié un ciclo de curación que avanza con éxito.

Cuando una persona está sometida a estos tratamientos tan agresivos lo primero que siente es la pérdida del control de su cuerpo. Las náuseas impiden comer y beber con normalidad, aparecen vómitos incontrolables que provienen de lo más profundo de nuestras entrañas. Pierdes el gusto y el apetito, se desarrollan llagas en la boca y laringe que dificultan el tragar. Comer para mantener las fuerzas se convierte en un suplicio. El sistema digestivo actúa por libre y provoca diarreas interminables. ¡Cuántas horas sentado en el retrete en medio de la noche para eludir ponerme los pañales que, al final, fueron inevitables!

El proceso va acompañado de pérdida de peso y masa muscular, además de la caída de todo el vello corporal y la aparición de sarpullidos o urticarias en la piel. En resumen, no solo pierdes el control de tu organismo, sino que dejas de reconocer tu propio cuerpo, incluso te sorprende cuando entras en el cuarto de baño y ves reflejado en el espejo a ese calvo esquelético que parece salido de un campo de concentración. No voy a recrearme en la miseria física como en el agua el pez, prefiero reconocer los méritos de los sanitarios que me ayudaron a sobreponerme a esta situación y a que mi mente pudiese mantener la vitalidad y el optimismo.

Enfermeras y auxiliares cuidándome sin descanso. Día y noche, reemplazaban los sueros y medicamentos intravenosos, servían la comida tan poco aprovechada, atendían a mis quejas cuando arreciaban los dolores. Encargadas de tomar las muestras de sangre y realizar las curas, siempre con buen humor y unas palabras de ánimo en la boca.

Recuerdo una noche, a las cuatro de la mañana, en la que me tenían que extraer sangre para hacer el seguimiento de una septicemia que había aparecido y me producía fiebres periódicas. No había forma de que saliese sangre por las vías del catéter, estaban las dos obstruidas. La enfermera lavaba los capilares con suero y repetidamente intentaba hacer la aspiración con la jeringuilla. La luz encendida del cabecero de la cama reflejaba las perlas de sudor que se le formaban en la frente. Seguía insistiendo sin éxito, no decaía. Me pidió incorporarme para ver si de esa forma salía algo más de sangre, se lograban pequeños avances al moverme. Acabé haciendo abdominales en la madrugada para conseguir llenar los dos tubos de ensayo que se requerían. Una hora de reloj estuvo dedicada a extraer la muestra, en todo momento dándome aliento para no decaer. Al acabar su turno, a las seis y media, vino a darme los buenos días y tomarme la temperatura antes de despedirse. Hay experiencias que unen para siempre, aunque probablemente yo haya quedado en su recuerdo como un paciente más.

En otra ocasión, me desperté en medio de la madrugada con un intenso dolor en el vientre. Intenté levantarme de la cama para ir al baño, no lo conseguí. Eran los días en los que estaba más débil, me faltaba fuerza física para moverme, mi ánimo estaba decaído tras unos días de fiebres altas. Antes de poder evitarlo me encontré rodeado de excrementos, mojado en mis orines. Una sensación desagradable invadió mi mente, sentía vergüenza de mí mismo, de no ser capaz de controlar mi cuerpo. Era una situación humillante. Haciendo un esfuerzo pulsé el timbre de enfermería, apareció un auxiliar, un chico joven de veintidós o veintitrés años, que al ver cómo me encontraba y mi cara de pena se acercó a ayudarme. Hablaba en tono amable y firme, diciéndome lo que tenía que hacer, sin que yo sintiese que me daba órdenes. Me pidió que me girase a un lado y agarrase la valla protectora de la cama, manteniendo mi cuerpo apoyado sobre el costado. Le obedecía dócilmente, mientras él continuaba hablando tranquilo y limpiaba primero el colchón, después las sábanas, finalmente mi cuerpo manchado. A continuación, fue el turno del lado contrario, repetimos la operación y retiró toda la ropa de cama sucia para dejarme rodar, como una croqueta, sobre la ropa limpia que había extendido sobre el colchón en la maniobra anterior. Mi cuerpo frágil quedaba expuesto, desnudo, limpio. Tomó mi brazo y lo colocó detrás de su nuca para ponerme un pañal primero y un camisón después. El auxiliar seguía hablando para hacerme sentir bien, con tono cordial alababa mi colaboración, quitándole importancia a su labor. Quedé tumbado, relajado entre las sábanas limpias, y cuando le agradecí lo bien que lo había hecho, dijo amablemente, «ese es nuestro trabajo, estamos aquí para ayudar». Salió de la habitación apagando la luz detrás suyo, cerré los ojos y el resto de la noche dormí como un niño.

Mujeres y hombres que dedican su tiempo a ayudar a los demás. No solo estoy agradecido porque sus cuidados han sido esenciales para salir airoso de esta situación, es que me han hecho sentir que el ser humano vale la pena. Aunque son innumerables las barbaridades cometidas que, diariamente, nos llegan a través de las noticias, existen personas que son capaces de emplearse en socorrer al prójimo en los momentos difíciles. Mi más sincero agradecimiento a todas ellas.

Y no quiero dejar pasar la oportunidad de reconocer la labor de las encargadas de la limpieza. Todos los días desinfectaban la habitación, cambiaban las sábanas, proporcionaban pijamas y mudas limpias. Sin olvidar a aquellas que lavaban y esterilizaban los tejidos, preparaban la comida y permitían el funcionamiento del hospital. A las encargadas de la limpieza las conocí personalmente, Isa y Cristina; a las que trabajaban en la trastienda no tuve la suerte de verlas, así que desde aquí les envío también mi reconocimiento.

Tengo una buena anécdota en referencia a las encargadas de la limpieza. Durante el primer período de aislamiento que siguió a la quimioterapia de inducción se celebraron las elecciones generales en España, en julio de 2023. Pregunté a las médicos cómo debía proceder para solicitar el voto por correo desde el hospital y así poder hacerlo efectivo. Lo consultaron, ya que el procedimiento está contemplado oficialmente, y al día siguiente me explicaron cómo hacerlo: tenía que encargarme de llamar a un notario que viniese al hospital para formalizar la solicitud del voto por correo y entregarle el sobre con el voto en mi habitación. Me pareció muy complicado y desistí, quedando decepcionado.

En la fecha límite para solicitar el voto por correo me preguntó Isa, encargada de la limpieza, si iba a votar en las próximas elecciones. Le expliqué que no lo haría, porque era muy complicado y no conocía a ningún notario con quien tuviese confianza para pedirle que viniese a la clínica. Entonces ella me contó que antes de trabajar en limpieza lo había hecho en los servicios de correos del hospital, y que el voto por correo era muy fácil de organizar. Pasaba un notario por todas las unidades hospitalarias, era suficiente con expresar la voluntad de votar e identificarse con el carné de identidad. El notario facilitaba la solicitud a los pacientes que lo necesitasen, y después recogía las papeletas. Dicho y hecho, más fácil imposible.

Esto muestra que las preguntas deben de hacerse a las personas adecuadas. La encargada de la limpieza tenía la respuesta para el voto por correo, competencia tan importante como la de mantener la higiene y sin las cuales difícilmente funcionarían ni la ciudadanía ni el hospital. ¡Qué importantes son los puestos de base y qué poco los apreciamos en el día a día!

Que no se interprete este comentario en detrimento del equipo médico, al que admiro profundamente y le debo mi vida. La detección temprana de la enfermedad abrió la oportunidad de controlarla, antes de que causase mayores estragos. El equipo médico se aseguró de hacerlo aprovechando el hueco que la casualidad había dejado al descubierto.

Desde el principio del ingreso hospitalario comenzaron con los análisis; en paralelo examinaron todos mis órganos para evaluar la extensión y gravedad, estudiaron las mutaciones genéticas de las células cancerígenas para personalizar el tratamiento y realizaron un estudio de compatibilidad de la médula ósea de mis hermanos. Resultó que mi hermana menor era completamente compatible y, junto a los resultados obtenidos en el resto de las pruebas, permitió que los médicos compusiesen un informe detallado sobre mi situación. Fue aprobado por la Comisión de Trasplantes regional a las diez semanas de haber ingresado.

Llama la atención la empatía de los doctores con el paciente. En los grandes hospitales parece que los médicos son personalidades inalcanzables, con las que se tiene un breve contacto en la visita matinal. Mi experiencia me mostró unos médicos siempre pendientes de mis necesidades y de mis sentimientos.

Cuando fue aprobado el trasplante y me explicaron con detalle en qué iba a consistir y los riesgos a los que me exponía, tuve dos reacciones inmediatas. Firmar mi testamento nada más salir de la reunión, ¡mejor dejar la situación legal bien organizada! Pedir que me permitiesen ir cuatro días con mi mujer e hijas cerca del mar. Había pasado los dos meses y medio del verano sin poder abandonar Madrid, más de la mitad del tiempo encerrado en una habitación clínica. La doctora comprendió mis sentimientos inmediatamente, nos dio todas las facilidades posibles y organizó el próximo ingreso dando cabida a mi petición. Nos fuimos los cuatro cerca del océano y guardé en la memoria los maravillosos atardeceres del Parque Natural de Oyambre, una gran ayuda para el siguiente encierro.

A la vuelta del viaje comenzó el proceso de trasplante de médula que llevaría a mi curación. Aislamiento durante un mes en una habitación con aire presurizado para evitar infecciones, sometimiento a una quimioterapia de acondicionamiento, que prepara el organismo para el trasplante. Lo de acondicionamiento, eufemismo de desarreglo completo, consiste en matar la célula ósea original para que pueda ser reemplazada por la nueva. Las defensas se llevan al mínimo y todos los males que aparecieron durante las primeras quimioterapias reaparecen multiplicados y sumados algunos nuevos. El organismo se debilita en extremo, los dolores se agudizan, el viaje es profundo y la morfina se convierte en una buena compañera. Cuesta levantarse de la cama y, cuando lo consigues para evitar que te salgan llagas o se encharquen los pulmones, sientes calambres en las piernas y casi no puedes andar.

Durante todo este tiempo, los médicos se encargan de ir adaptando el tratamiento a las condiciones de cada paciente, la medicación y la nutrición intravenosa se ajustan individualmente para no rebasar los límites de lo intolerable. De esta manera, poco a poco, paso a paso, vas volviendo a recuperar el control de tu cuerpo lo suficiente para enviarte a casa. Todavía queda un largo período en el que eres vigilado hasta que te dan de alta, surgen complicaciones y rechazos mientras el trasplante se consolida, pero ya con el sentimiento de que los momentos más difíciles han quedado atrás.

El resultado final de este proceso es una quimera médica, en la cual la médula y la sangre del donante conviven con el organismo del receptor. Se engloba entre las que comenzaron a aparecer a finales del siglo XX, son dos realidades humanas coexistiendo en un mismo organismo, y ha sido durante el siglo actual cuando la ciencia ha conseguido comprender su complejidad y lograr hacerlas viables.

La ciencia médica incluye desde los investigadores de base que están en su laboratorio dando los primeros pasos y probando las primeras hipótesis, hasta el equipo de doctores que finalmente aplica los procedimientos a los pacientes. Representa la inteligencia y la racionalidad que ayudan a nuestra sociedad, lo mejor del ser humano que, a través de la ciencia, es capaz de descubrir nuestras enfermedades y curarlas para permitirnos renacer.

*   *   *

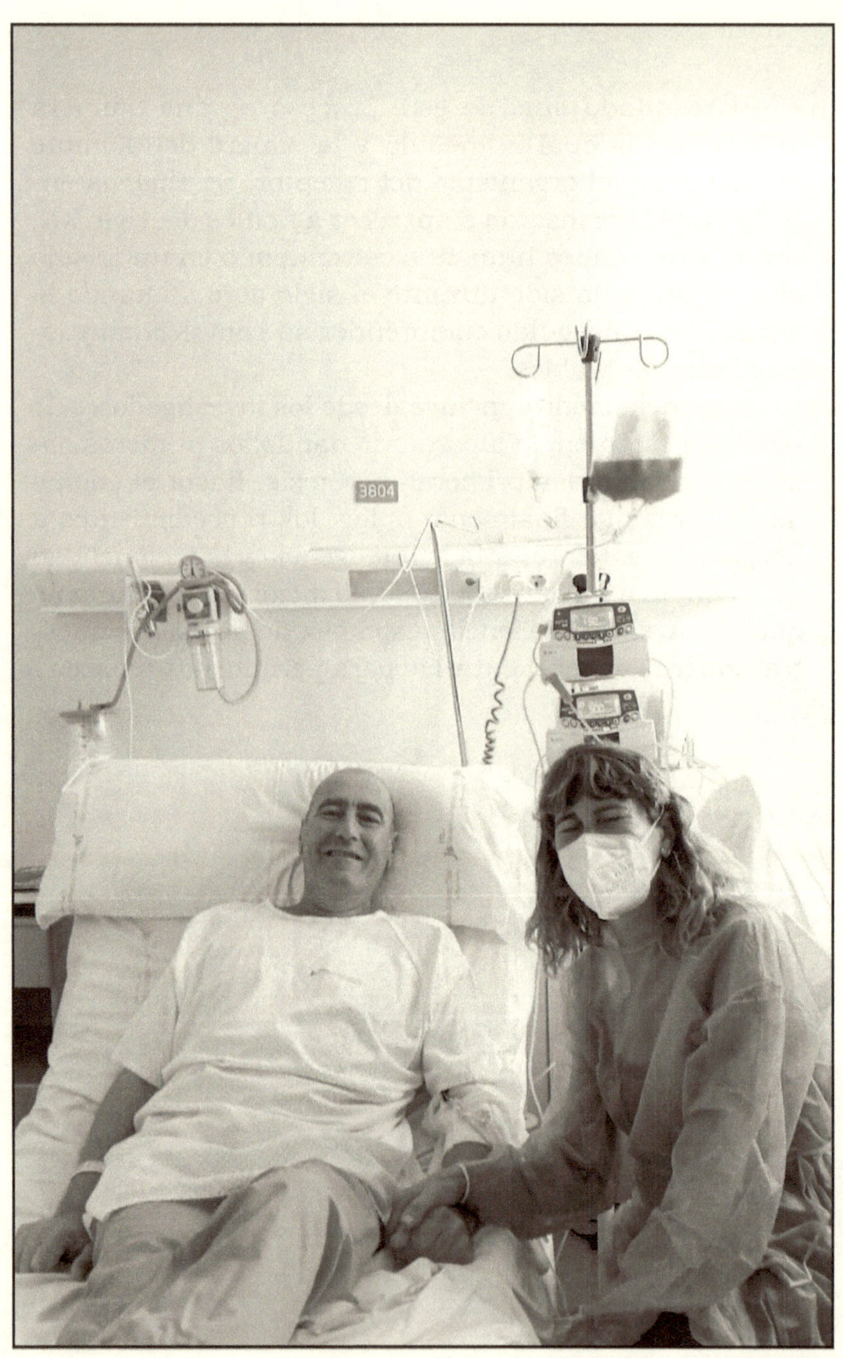

Querida María:

En la única imagen que tenemos del momento del trasplante aparecemos los dos, con los ojos casi cerrados, agarrados de la mano. Tú llevas mascarilla y, detrás de nosotros, una bolsita roja cuelga de un palo metálico sobre unas bombas dosificadoras. Te cubre una bata acrílica azul semitransparente de hospital, y yo llevo un camisón blanco punteado, que tapa el borde de un pantalón de pijama verde. En un primer vistazo no parece nada especial, incluso la calidad de la fotografía deja bastante que desear. Sin embargo, es un momento decisivo en mi vida, y sé que también lo es en la tuya.

Mirando con detalle se observa que, sobre la cabecera de la cama, aparecen los números «3804», estamos en la cuarta habitación de la burbuja clínica destinada a trasplantes hematopoyéticos de la Fundación Jiménez Díaz.

La bolsa roja contiene las células madre que te habían extraído durante la mañana y que, en el preciso momento en el que fue capturada la imagen por la médico hematóloga, me están injertando a través del catéter que tengo en el antebrazo izquierdo. Esas células son tuyas, son parte de ti, y me las están injertando en mi organismo para que arraiguen en el interior de los huesos y sustituyan a mi médula tóxica. El trasplante dura veinte minutos y no es un proceso doloroso en absoluto. A nivel físico no se siente nada, pero está cargado de emoción, ya que son tus células donadas las que me van a permitir sobrevivir.

Si tenemos los ojos cerrados es de haber llorado como magdalenas, hasta la médico y la enfermera se emocionaron. Eran lágrimas grandes y espesas, de las que te dejan la vista nublada, como si fuesen tantos los sentimientos que teníamos dentro que necesitaban salir a borbotones a través de nuestros ojos. Dije, «gracias,

María» con voz entrecortada, y cruzamos unas frases que no logro recordar, son momentos tan emotivos que parece no haber espacio para la palabra.

Me agarras la mano con ternura, y el recuerdo de tu contacto tibio lo siento ahora como si fuese el momento de la foto. Llevaba aislado en la habitación desde hacía una semana, sometido a quimioterapia para matar mi médula y dejar hueco a la tuya. Durante ese tiempo no había tocado a nadie, no había sentido el contacto de ninguna persona. Tus manos habían sido desinfectadas antes de entrar en la habitación y aun así ese acercamiento físico no era médicamente aconsejable. Sin embargo, sentir unidas nuestras manos me transmitió la calidez y el cariño que necesitaba en aquel instante. La luz, blanca y potente al comienzo del otoño madrileño, entra por la ventana lateral e ilumina la habitación, como anunciando que trae la vida y que el trasplante va a funcionar bien, será un éxito.

La bolsa fue vaciándose de líquido rojo, me dejaste de nuevo solo en la habitación, al irte te despediste dándome ánimos y derramando alguna que otra lágrima. Ahora venía la parte más difícil para mí, en la que el sufrimiento físico se hace más duro. Yo me había quedado con el calor de tu mano, y con aquella imagen guardada en el teléfono. La miraba agradecido para recargar mis fuerzas, para retomar las energías necesarias en este renacer que me habías regalado.

Siempre has sido de una generosidad apabullante, casi difícil de comprender. Te has enamorado de chicos a los que ayudabas con todas tus energías. Has acogido a perros o, más bien, a chuchos de escaso pedigrí necesitados de cuidados. Finalmente, adoptaste a tu hija, porque querías ser madre y te has entregado a ella en un acto de amor completo a través de su educación y de tu cariño. Es tanta tu generosidad, que en ocasiones parece que la necesitas para reafirmarte, para ser tú misma. Dan ganas de decirte: «Sé un poco más egoísta, cuídate de ti misma, no es necesario que salves a nadie más, ya has cumplido sobradamente con tus buenas acciones». Quien sabe de dónde te viene esa necesidad de ayudar a los demás, quizá de esa familia tan complicada que hemos tenido. Da igual, no viene al caso, lo relevante es que ha desembocado en lo que tú llamas «una neura por salvar», una necesidad de ser salvadora de personas y de animales. Ahora el destino ha querido darte la oportunidad real de salvar una vida, la mía. No es una neura, no es una ficción, es la ineludible ley de la genética, que hace que seas mi único familiar cercano HLA compatible al cien por cien.

Imagino la responsabilidad que supone para ti. De repente te dicen que tu hermano necesita un injerto de tu médula para poder sobrevivir. Dentro de tu cuerpo existe algo que tiene un inmenso valor para otra persona, algo insustituible que puede dar la vida a otro ser humano. Me contaste que estabas dispuesta a todo por cuidarte, comer carne roja si era necesario para fortalecer la médula, dejar tu cigarrito del final del día, abandonar el mate. Resultó que los análisis que te hicieron mostraron que estabas en perfectas condiciones, no tenías que cambiar ninguno de tus hábitos, bastaba seguir como habías estado hasta ahora. Un gran argumento para defender tu dieta vegetariana y tu vida libre de estrés, a la que decidiste acogerte con determinación cuando adoptaste a Nabia. Abandonaste Madrid, su tráfico, su contaminación, su vida de retos y de prisas para irte a vivir cerca del mar, a Tarifa, donde poder llevar una vida relajada, que te permitiese cuidar de ti y de tu hija. Qué sorpresa descubrir ahora que, a la vez, estabas custodiando una parte de ti que iba a ser tan importante para mí. Sin saberlo estabas preservando también mi vida. Como hemos bromeado alguna vez, a lo mejor después del trasplante me queda algo de tu estilo alternativo, me dedico a la vida *hippie* y a la meditación contemplativa.

Hubo que explicarle a Nabia que, durante una semana, tenía que compartir a su madre, es más, ella se quedaría asistiendo al colegio en Tarifa, mientras que tú vendrías a Madrid a ponerte las inyecciones y realizar el tratamiento del trasplante. Tenía doce años, ya era mayor para entenderlo, pero yo sé que para vosotras dos, siempre tan unidas, supuso un esfuerzo grande. Así que gracias también a tu hija y, de paso, le das un fuerte abrazo de mi parte.

Me contaste que los cinco días pasados en Madrid previos al trasplante fueron muy agradables y los disfrutaste mucho. Días luminosos de principio de otoño, en los que la temperatura era perfecta e invitaba a pasear por la ciudad, a recordar los lugares en los que viviste durante tantos años, a visitar a las amigas que tanto te quieren. Antes de salir de casa, te ponías una inyección subcutánea por la mañana, que estimulaba la producción de células madre de tu médula ósea, y después disponías de todo el día para hacer lo que quisieras. Para seguir cuidándote, estar tranquila y concentrarte en que todo saliese bien.

Cuando llegó el gran día te informaron de que quizá tendría que hacerse en dos sesiones, ya que había mucha diferencia de peso entre nosotros, casi cuarenta kilos. No es momento para ofenderme, pero creo que se excedieron un poco con mi peso, calcularon noventa y un kilos, cuando yo estaba en los ochenta. Vamos a dejarlo pasar por centrarnos en lo que estamos, solo decir que no estaba gordo, quizá un ligero sobrepeso, nada más.

A primera hora de la mañana te instalaron el catéter en la yugular, que no es un buen trago para nadie, y te instalaron en esas butacas reclinables que tienen en el banco de sangre. Son cómodas cuando vas para una extracción que dura diez o veinte minutos, pero tuviste que estar seis horas sentada en la butaca sin moverte. Como me contaste, llevabas tu música relajante de ondas alfa y beta para escuchar en los auriculares, mientras hablabas a tus células madre para decirles que saliesen a la sangre y que hiciesen un buen trabajo. Te conectaron a la máquina de aféresis y comenzaron a recircular la sangre, salía por el catéter, atravesaba la máquina, le retiraban las células madre y volvía a tu cuerpo. Las médicas iban comprobando la cantidad de células que se producían, eran abundantes y de buena calidad. Seguías allí estoicamente tumbada, hasta te fueron a visitar dos amigas para darte ánimos y llevarte algo de comer. Al cabo de cuatro horas las médicos te dieron dos opciones, o parar y continuar al día siguiente o aguantar dos horas más, hasta recolectar el total de células necesarias. Tú que eres una valiente no lo dudaste, mejor seguir hasta tener la totalidad de las células para el injerto, yo estaba esperando arriba en la habitación para el trasplante y no querías hacerme esperar.

Por cierto, el total de células se calcula en base al peso del receptor, y en este caso se necesitaban unos dieciséis millones de células, que se dice pronto. La bolsita roja colgada del palo que aparece en la fotografía, insignificante a primera vista, contiene esa cantidad enorme de células tuyas que me iban a ser injertadas. Las últimas horas fueron difíciles, te costaba encontrar una postura cómoda sobre la tumbona, sentías dolor en la cadera y el sacro, más bien una presión como si, desde ese punto, estuviesen saliendo tus células.

Al inicio de la tarde se cumplieron las seis horas y te desconectaron de la máquina para hacer las comprobaciones. Tuviste un descanso de cuarenta minutos en el que saliste del hospital a descansar, te iban a llamar a las cinco de la tarde para decirte si todo había ido bien. Te imagino agotada después de todo el proceso, con ganas de estar satisfecha, pero todavía con la incertidumbre de si habías cumplido con el objetivo. La tranquilidad llegó puntual y a las cinco te confirmaron que habías producido células suficientes de excelente calidad y que en media hora estabas autorizada a entrar en mi habitación de la unidad 38 para asistir al trasplante, tal como yo había solicitado.

Es el instante captado en la fotografía. Cansada y emocionada me das la mano para transmitirme tus fuerzas y energía. Estás contenta de poder darme el regalo de la vida, y, generosa, sientes que tienes la suerte de ser la hermana que puede concederlo. Me contaste que, cuando volviste a casa dormiste treinta horas de un tirón. Una vez levantada preparaste una tortilla de dos huevos y un mate de yerba argentina, los tomaste para reponerte, llena de una gran satisfacción. Ahora les tocaba trabajar a tus células injertadas, pensabas en ellas, animándolas a ser combativas con mi cáncer, sin hacerme demasiado daño. En el hospital me habías dejado aislado en una habitación de escasos veinte metros cuadrados, con una parte tuya dentro de mí, que me acompañaría durante el resto de mi batalla y de mis días.

Tumbado en la cama con los ojos cerrados veo la playa de Punta Paloma, se extiende larga y estirada hasta donde alcanza la vista. Es difícil saber si el arco de arena está dibujado circundando el mar o es el mar el que, en su empuje incansable, está engullendo el arenal. La tenue línea que separa el agua y la arena se difumina por el efecto de las olas rompiendo en la orilla, por los remolinos levantados con el soplar del viento de poniente. La luz de la mañana gaditana se refleja sobre el océano, azul profundo traído desde el centro del Atlántico, y reverbera en el albero de la playa seca.

Sobre la línea de la orilla, te veo paseando despacio, indolente, siguiendo el arco de la arena mojada. Tu perro, con una ligera cojera, corretea hacia delante y hacia detrás, avanzando al mismo ritmo que marca su dueña. Todavía me falta saber si hay algo de tu forma de ser que ha venido conmigo acompañando a tu médula. En caso de ser así, confío en haberme traído un poco de tu atrevida decisión para elegir una forma alternativa de afrontar la vida y, sobre todo, algo de tu enorme generosidad.

Gracias, María.

VII

Monólogo

Me tiene un poco harta este calvito, todo el día protestando, con exigencias, y encima ahora viene con cuentos morales, que si hay que subir la calefacción, porque he perdido la materia grasa y paso mucho frío... ¡pues ya verás la factura del gas que nos va a caer estos meses! Que si pongo la ropa en una lavadora solo para mí para evitar infecciones cruzadas... ¡Cruzada nos va a quedar la cuenta del banco cuando llegue la electricidad, que parece que no te enteras de lo que nos cuesta! Que si volvemos en taxi, porque me he cansado mucho en el paseo... ¡Vaya con el señorito! ¡Se cree que, en lugar de un cáncer, le ha tocado la lotería! No, si ya te digo yo que en mal momento me casé con este elemento, una cara bonita, mucha sonrisita y un cuerpo que parecía que no estaba nada mal, pero, a la hora de la verdad, no ha aguantado ni el primer envite, no ha cumplido sesenta y ya está con achaques, lo que te digo, mucha carrocería por fuera, por dentro de mala calidad, si ya lo sabía yo, y mira que estaba prevenida, sus padres murieron jóvenes, y el padre en particular se quedó discapacitado por un accidente vascular al poco de cumplir los sesenta, ya te está anunciando que, de calidad y resistencia física, andaba flojo, al final, por muchas vueltas que le des, la genética en estas cosas manda mucho, mírame a mí, una andaluza como Dios manda, bien plantada, con las caderas anchas para tener hijos sanos, y que he visitado menos al médico que una perdiz silvestre al veterinario, y va él y me dice que no tiene nada que ver con lo de su padre, que aquello fue un derrame cerebral y que lo suyo es una leucemia ¡treinta y cinco por ciento de células cancerígenas en sangre!, vamos a ver, ¿se puede estar más podrido? ¡Es que es algo increíble!, y el tipo tranquilamente se va en bicicleta al trabajo, antes se pasa para una analítica de sangre por el hospital, y cuando le llaman al mediodía para que se presente en urgencias vuelve al hospital subiendo en bicicleta la cuesta desde el Manzanares, la más empinada de todo Madrid, que no sé cómo no le dio un soplo, una insolación o una parada cardíaca allí mismo, me llama desde urgencias a eso de las cinco de la tarde para que vaya cuando pueda, ¡fácil decir lo de «cuando puedas», un lunes de junio sumergida en trabajo hasta las cejas! Llegué a urgencias a eso de las siete y media, no me hicieron esperar mucho, cuando me dejaron pasar me encuentro una reunión con el médico hematólogo de guardia y nos suelta la bomba, porque otra forma de llamarlo no hay, la bomba, que si está vivo de milagro, que hay que hacer una transfusión inmediatamente para recuperar un nivel mínimo de hemoglobina que asegure su supervivencia, que no puede ir a casa ni a recoger un pijama... se queda en el cubículo de urgencias hasta que quede libre una habitación en planta, donde le subirán probablemente esta madrugada, que es todavía un poco pronto para un diagnóstico certero, pero que vayamos pensando en un año para su recuperación, y eso contando con que todo vaya bien... Yo me estaba quedando blanca, vaya marrón que se nos venía encima, él con su cara compungida de «yo no he hecho nada» y vaya la que se avecina, eso sí, la que tuvo que soltar la bici atada a la valla de la entrada del hospital fui yo, que yo no digo que fuese culpa suya, que el pobre hombre no ha hecho nada malo, sus pequeños excesos de vino y cerveza de vez en cuando, nada que no haga todo el mundo, ni siquiera fuma, fumó cuando era más joven, pero lo dejó al nacer nuestras hijas, que nos pusimos de acuerdo para no fumar ninguno de los dos y de eso hace ya más de veinte años, yo he fumado algún cigarrillo alguna noche que hemos salido a tomar algo o después de una cena, él ni uno solo, una vez probó a darle unas caladas y se puso a toser como un viejecillo, o sea que fumar lo que se dice fumar lo ha dejado desde hace muchos años y ahora va y le toca esto que como digo culpa suya no es, pero en definitiva a la que le tocó recoger la bicicleta y después llevarla a casa fue a mí, que no puedo ni montarme, alta como un caballo y pesada como una moto, lo que digo, mucha carrocería mi maridito, pero a la hora de la verdad me ha dado un resultado bastante lamentable, pues, efectivamente lo subieron a planta a las tres de la madrugada, para ser más claros, a la de oncología, que no te cuento el ambiente que se respira, todos los pacientes con unos problemas de mucho cuidado, el que no tenía un linfoma tenía un sarcoma, el que no tenía un tumor en un órgano es porque lo tenía en dos, tres o a saber en cuántos, el vecino de habitación se iba a casa en cuidados paliativos, porque ya había tirado la toalla después de tres años de lucha, en los que había ido a peor en lugar de mejorar, a otro con el que compartimos cuarto unos días, una infección bacteriana desarrollada en los pulmones le había obligado a anular todo su tratamiento en el que llevaba ya seis meses y volvía a la casilla de salida para empezar a tratar su cáncer, cambio de planes totales, y la bacteria la cogió en el hospital respirando ese aire de allí dentro que se supone que está filtrado para evitar enfermedades, pero al final si estás ahí encerrado no puede ser bueno, aire para respirar el de la Sierra, sano y limpio como el que más, que hasta los médicos lo saben y en cuanto ven que puedes valerte por ti mismo te mandan para casa, que ellos son los primeros que tienen miedo a que se te complique la situación por cualquier microorganismo de esos raros que aparecen en el hospital, sobre todo en la planta de oncología, que con todas las enfermedades raras que hay te extraña que haya algún paciente que acabe saliendo por su propio pie, ¡vaya panorama! Que casi era mejor no preguntar mucho a los familiares de los que estaban allí, y menos mal que no había niños, porque yo no hubiese podido con eso, que me dan una pena que no puedo soportarlo, di que después son los que más resisten y un ejemplo a seguir, pero es que yo los veo sufriendo lo que sufren y que les ha tocado la mala suerte porque sí, sin ninguna razón, de repente siendo un crío tienes que pasar por una enfermedad horrible, que yo me pregunto eso sí que tiene que crear carácter, porque ya la inocencia esa de los niños en la vida, ese reírse y jugar, desaparece y tienen que estar dando vueltas a un montón de preocupaciones los pobrecillos, muy difícil me parece, ya con ver a los jóvenes que había en la planta me echaba a temblar, treinta años y un cáncer en seis que les limita para siempre, que injusta es la vida, te toca y a apechugar con ello, que hay que tirar para adelante, la actitud lo es todo, eso sí, había pacientes protestones que estaban quejándose todo el día, ¿qué sacaban con eso? Nada, nada de nada, que lo mejor es poner al mal tiempo buena cara y avanzar con lo que te haya caído encima, hacer caso a lo que te dicen y buen humor en lo posible, que ya sé que se dice pronto y es difícil hacerlo, es lo que hay y se acabó, en la misma planta están los de la asociación de ayuda contra el cáncer, ¡qué buena gente! Vinieron a ofrecer sus servicios de forma desinteresada, ayuda psicológica, psiquiátrica y hasta de apoyo a domicilio, que buena falta hace para mucha de la gente que está ahí ingresada o que se tiene que ir a casa a seguir con sus tratamientos, todo un mundo se encuentra una en una planta de oncología, a mi marido por suerte o por desgracia a los cuatro días ya lo habían puesto en aislamiento, una buena quimio de choque durante una semana y después treinta días solo en una habitación, con baño propio, eso sí, porque lo dejaban con las defensas a cero, bueno, y no solo las defensas, que al pobre lo dejaron hecho una auténtica mierdecilla, perdió peso que se quedó esquelético, calvo como una bola de billar, vómitos, náuseas, fiebres, cagaleras... hasta le cambió el olor, conozco bien el olor que tiene, profundo, como a hombre de los bosques, que no es que sea desagradable, al contrario si a mí me gusta, es inconfundible, impregna su ropa, su pijama, lo reconozco en cualquier sitio, me vendan lo ojos me dicen que identifique a mi marido entre un montón de hombres y no tardo un minuto, que enseguida sé cuál es, bueno pues le había cambiado el olor, primero empezó a perder el suyo, a la vez que se le caía el vello de todo el cuerpo y después ya lo cambió de golpe, le dieron una quimioterapia que se expulsaba por la piel, se la ponían por la sangre con el catéter y después la sudaba y la expulsaba a través de los poros de todo el cuerpo, así que tenía que ducharse al cabo de unas horas para quitarse todas las sustancias residuales que había sudado, pues entonces es cuando le cambió el olor de golpe y ya no lo recuperó, es un olor ácido el que tiene ahora, como demasiado limpio, aunque como los orines que hace huelen muy fuerte se nota mucho más, debe ser por la medicación, que toma un montón de pastillas cada día y por algún sitio las tiene que expulsar, vaya que el olor que tenía antes lo he tenido que olvidar y acostumbrarme al nuevo, es lo que hay, él también dice que le ha cambiado el gusto, que lo perdió en el hospital, que no es de extrañar con la comida que le daban, no era mala, solo era sosa y poco apetecible, a ver que sí que era mala, para ser un hospital podría haber sido peor, pero como comida no era buena, lo sería para su salud, no para disfrutar, y no voy a criticar más, porque es la única queja que tengo del hospital, que por lo demás nos trataron fenomenal, así que a comer a casa y a que te curen al hospital, pues lo del gusto lo perdió, fue poco a poco, porque las primeras semanas bien que disfrutaba cuando le llevaban unos bombones de chocolate o lo que fuera, después decía que tenía sabor metálico en la boca y empezó a dejar de apreciar lo que comía, todo, los caprichos y la comida y ya más delante dejó de comer, así que empezó a perder peso y quedarse como un fideo, y con lo que le gusta comer y beber buen vino que es un sibarita mi marido se quedó sin eso, una cosa menos para disfrutar, no parece que sea muy grave, porque ahora me dice que ya lo está recuperando poco a poco, ya metido en la

cocina preparando sus comiditas y apreciando los sabo-
res, ¡que todos los males sean como ese! Yo iba a verle
al final del día, me ponían un bata esterilizada, un gorro
y unas calzas de esas verdes de hospital, que dan dentera solo de pensar en ellas, y allí que iba a escuchar lo
poco que me contaba y lo mucho que me pedía, que si
esto que si lo otro, discusiones absurdas, había contado
las baldosas que tenía la habitación, quince de largo por
diez de ancho, pues hasta me hizo traer el metro para
medir las malditas baldosas, según él tenían cuarenta
centímetros en cada lado, así que la habitación era de
veinticuatro metros cuadrados, pues efectivamente; las
midió y le salieron las cuentas, como yo había dicho que
eran más grandes, pues había ganado él, ¡qué contento
se puso! Pues nada, que siga contento, que yo no estoy
para discutir tonterías, ahí le dejaba encerrado al pobrecillo las veinticuatro horas del día, toma, un metro
cuadrado por hora, no me había dado cuenta, es que el
asunto tiene tela, porque como le convenía hacer ejercicio de recuperación para evitar que se le encharcasen
los pulmones y frenar la pérdida de masa muscular y no
sé cuántas cosas más, pues ahí estaba recorriendo la
habitación de un lado a otro para hacer kilómetros,
como un hámster en la ratonera, de arriba abajo y de
abajo arriba, y se me olvidaba, como le bajaron las plaquetas tuvo una hemorragia interna en una rodilla con
inicio de artrosis y estaba cojo, haciendo sus idas y ve-
nidas con muletas, yo le animaba mucho, lo cierto es
que era patético y encima, como tuviese mal día, se ponía de un mal humor que yo solo pensaba en salir de
allí, mejor acordarse de los días buenos, que también
los hubo, en esos echábamos partidas a unos juegos de
mesa que yo había comprado, buenísimos, por cierto,

de madera muy agradable al tacto y unos colores mate muy bonitos, empezamos jugando a las damas, me ganaba siempre el muy cabrito, era de esas cosas que había jugado desde pequeño y se las sabía todas, así que rebusqué bien y ahí estaba el *back gamón* que mi marido no tenía ni idea, a eso jugábamos y ganaba yo siempre, ¡solo faltaría que encima de que estaba medio discapacitado me iba a ganar las partidas! ¡En todo caso alguna que yo me dejase para subirle un poco el ánimo! Con el tiempo fue comiendo algo más y con la excusa de que tenía que recuperar el gusto, que mira que estaba pesado con el asunto del gusto, ¡como si no hubiese nada más importante que comer y beber! Aguanta un poco hombre, que luego lo recobraste y tampoco fue tan grave, pues el caso es que le dio por convencerme de que le trajese unas magdalenas de una panadería gallega que hay entre casa y el hospital, no podía tener comida en la habitación, estaba prohibido, se las arregló para esconderlas en el cajón de una mesilla y se las iba administrando, una para el desayuno y otra para la merienda, yo le llevaba tandas de seis, así que cada tres días hacía de camello de bollitos, ¡hay que ver en que líos me mete, que no sé ni como dije que sí, anda y comete esas galletas secas que por algo te las darán! Estaba tan fastidiado que algún capricho tenía que consentirle, mira que siempre he pensado que los hombres son unos quejicas, ya me gustaría a mí verlos parir un hijo, que ahí sí que se pasan canutas, aunque tengo que reconocer que esto de las quimioterapias deja unos efectos secundarios de lo más jodidos, es otra cosa que dar a luz y no se pueden comparar churras con merinas, pero hubo días que lo pasó fatal, encima con esa incógnita de que no sabes lo que va a ocurrir, que igual se complica la historia y acaba todo mal, como los otros pacientes con los que habíamos compartido habitación, ¡toco madera! Parece una lotería y estás con los dedos cruzados para que todo vaya bien, que bastante nos ha tocado con la leucemia esta, como para que encima nos venga algo todavía más gordo, que yo ya pensaba: «Si viene algo peor que sea para llevárselo, que sea de golpe y que no sufra, que ya ha pasado por mucho», pues poco a poco se fue recomponiendo y, aunque era un misterio de dónde sacaba las fuerzas ahí estaba, como los niños pequeños en el mar, que parece que se van a ahogar mientras pelean con brazos y piernas y sacan la cabeza una y otra vez para mantenerse a flote y ni ellos saben cómo llegan hasta el final, pues lo mismo era en este caso, unos días arriba otros abajo y cuando parecía que no podía, sacaba la naricilla, renovaba fuerzas y otra vez a luchar, yo me iba compungida la mayoría de las noches dejándolo en la cama con su batalla personal, poco podía hacer por él, excepto hacerle un poco de compañía en esa maldita pecera en la que se resistía a ahogarse, visto ahora con perspectiva me siento orgullosa de él, aunque no se lo digo, porque bastante flores le echan sus amigas que lo miran con ojos tiernos, si es que es lo que tiene, que se le ve tan frágil que da pena verlo y enseguida viene el cariño, yo no voy a ser dura con él, porque no me sale del corazón, tampoco una blanducha, que no estoy hecha de madera de saúco, aguantando y aguantando atravesamos la primera fase del hospital y, aunque me lo habían dejado hecho un trapo, el día que vino a casa fue una alegría, en realidad le dejaron salir solo una semana para tomar fuerzas y luego volver otra vez al agujero, aunque esta segunda vez fue más llevadero, la quimio la soportó mucho mejor y después de diez días lo mandaron a casa para la recuperación, solo de pensarlo tiemblo, ¿no se lo podían haber quedado otro mes y yo ir a visitarlo para ganarle al *back gamón*, llevarle unas magdalenas y un beso para que pasase buena noche? Pues me lo enviaron a casa para hacer de enfermera jefe, paciencia es de lo que me tuve que cargar, prepararle la comida que ya me dirás para qué, porque vomitaba la mitad, eso sí que era una quimera echando fuego por la boca y no las batallas que él se inventa de quimerismo y de no sé cuántas cosas más, a aquellos vómitos siguieron otros, y yo cada vez que le veía la cara esa de pajarillo asustado ya me preparaba para lo peor, paciencia es lo que tuve, porque recompensa más bien poca, del tema sexual mejor ni mencionar, porque se había quedado escurrido en todos los sentidos, vamos a decir que se ponía cariñoso como un niño pequeño, atacando por el lacrimal que dicen en las telenovelas, así que yo me ablandaba y seguía aguantando la situación, de la segunda quimio salió con más células cancerígenas que después de la primera, la leucemia ya indicaba que no pensaba echarse atrás, quizá refugiarse un poco cuando la controlaban con los tóxicos para después volver aprendida y con más fuerza que antes, vaya, que tenía mala leche la jodía y disculpen que lo diga así, es que me sale del alma, cómo es posible que pueda haber enfermedades tan retorcidas, que parece que disfrutan haciendo daño, y qué ganan con eso me pregunto yo, porque lo entiendo en un ataque de bacterias o de virus, están buscando su propia supervivencia, los microbios te hacen daño para poder crecer y reproducirse, pero esto de los cánceres es incomprensible, es como una degeneración que hace el mal tan solo por hacerlo, si ya se sabe que nuestro peor enemigo somos nosotros mismos, finamente las buenas perspectivas nos las dieron con el trasplante, cuando nos lo contaron con detalle yo no sabía si alegrarme o salir corriendo, qué barbaridad lo que le iban a hacer, primero matarle toda la médula que le quedaba con una quimioterapia que dejaba como un paseo a las que ya había sufrido, la llamaban «de acondicionamiento», que hay que ser falsos y tener pocas ganas de decir la verdad, se supone que preparaba su cuerpo para recibir las células madre de su hermana, que luego sustituirían a la médula, ¡pues el cuerpo lo dejaron acondicionado como para tirarlo a la basura! Lo que he dicho de las quimios anteriores multiplicado por cuatro, os diré que le metieron los químicos vía intravenosa durante seis días y a los tres meses todavía tenía náuseas y diarreas, que decían que eran efectos secundarios de lo que le habían metido, veneno era lo que le habían puesto, que si duró más de tres meses imaginaos cómo estaba las semanas siguientes a la inyección, además de los efectos a los que ya estábamos habituados le salieron llagas en la boca, que descendían por la garganta y el interior del esófago hasta quién sabe dónde, ni las magdalenas podía comer, y los líquidos todos suministrados por intravenosa, como si fuese una vaca puesta al revés, llevaba su bolsa de leche colgada, que le iba alimentando, y él vaciando sin parar en forma de orines, daba pena verlo, menos mal que le recetaron morfina a discreción, al principio con la boca pequeña pedía que le pusiesen un poquito, que le daba miedo engancharse, después empezó a pedir chutes como si fuese un drogadicto, este para pasar mejor la tarde, este para dormir, y así todo el día en un limbo opiáceo, que hay que reconocer que le sentaba fenomenal, mucho más simpático, tranquilito y ahí sí que le podía ganar al *back gamón*, al ajedrez y a lo que se terciase, que le daba igual, claro que esto duró dos o tres semanas, después había que volver, no se iba a quedar toda la vida medio pánfilo, que si se lo preguntan quizá hubiese dicho que sí, pero de eso nada, que yo ya veía que estaban planeando mandármelo a casa, primero espabilarse un poco, empezar a comer y, si es posible, ir solo al retrete, que eso es de agradecer, después a casa otra vez con la enfermera jefe que estaba temblando para organizarse, dicho y hecho, primeros indicios de arraigo del trasplante, empezó a producir defensas propias, se desenganchó de la morfina y a casita a disfrutar, la primera semana no podía ir del sofá del salón a la cocina caminando, y no vamos a decir que nuestro piso sea grande, con el precio al que está la vivienda en Madrid no es para hablar de «ala norte» y «ala sur», más bien diez metros que los separan, y a lo mejor estoy exagerando, que es una vergüenza lo que piden por un piso, comprado o alquilado, mucho dicen que la gente joven lo tiene mal para independizarse, pero es que los que somos un poco menos jóvenes estamos también agobiados, las cuotas de las hipotecas que no paran de subir, los impuestos que nos tienen abrasados, las hijas que necesitan dinero para lo uno o para lo otro y como se vayan fuera a estudiar con un Erasmus a pagar alquiler, que tampoco es que lo regalen por esos países del norte de Europa, carísimos todos, que en algunos ni aun pagando encuentras un sitio decente para vivir, bueno, mejor voy a centrarme, que como me ponga a hablar del tema de la vivienda es que no paro, la cosa es que se levantaba para empezar a andar y tenía calambres, perdía el equilibrio, buscaba apoyo, con calma y tranquilidad le digo yo que algún día llegará, otra vez a recargar las baterías de la paciencia, porque me iba a hacer falta, para qué hablar de hacer cosas en casa, ni cocinar, ni limpiar ni hacer la compra, nada de nada y mira que me fastidia, porque no es que yo vaya sobrada de tiempo y además en casa siempre hemos compartido las tareas del hogar, otras cosas le puedo echar en cara a mi marido, pero que siempre ha dedicado tiempo a la casa hay que reconocérselo, y menos mal, porque no sé si hubiese aguantado con él tantos años, hubiese cogido la maleta y ahí te quedas, por las hijas y por la buena voluntad que ha puesto el pobrecillo, que si no me hubiese largado, adonde no lo sé, a viajar por el mundo de un país a otro visitando lo que me apetece, durmiendo en hoteles, en cabañas o donde se tercie, que a mí eso me da igual, hablando con la gente que me cuenten cosas cada uno de dónde viene y a dónde va, es lo que me gusta a mí, la variación de personas, de paisajes, monumentos, me gusta todo o por bonito o por divertido, me siento en una terraza y a ver pasar la gente, subo a un autobús y a viajar con los locales, que me entretiene mucho ver cómo van de un lado a otro, que hay países que todavía suben con las gallinas al autobús, y de ahí a la cazuela, que sientes la vida de cerca, luego te toca lo que te toca y lo de viajar se queda por ahí olvidado, de vacaciones con la familia, que trabajas más que si te quedas en casa, pendiente de que preparen sus maletas, de que no olviden nada de recoger lo que queda detrás, bueno que descansar lo que es descansar más bien poco, lo único cuando me dejan tranquila tumbada en la playa con un libro, que es lo que me gusta, que se olviden de mí un rato y yo a mis cosas, leer un poco, charlar con alguna amiga y no pido mucho más, volviendo a lo que estamos, fue mejorando poco a poco, muy lento, paso a paso, con el tiempo comenzó a salir a la calle, llegaba justo hasta la panadería, descansaba un rato y volvía a casa, siempre conmigo de compañía, solo no se atrevía a ir, después consiguió alejarse un par de calles y a base de buscar bancos donde sentarse cuando flaqueaba, con el tiempo hasta dar paseos, que por lo menos nos entreteníamos un poco y hacía algo de ejercicio, empezó a ayudar en casa, y aunque seguía con esos vómitos de quimera, cada vez se parecía más a una persona normal, algo más de tres meses estuvimos yendo al hospital dos veces por semana, le hacían extracción de sangre y comentaba los análisis con el médico, luego a la farmacia a por un montón de pastillas y a casa a seguir recuperándose, lo importante era que no surgiese ninguna complicación, infecciones pulmonares, eccemas en la piel, rechazo al injerto que le habían hecho, algunas reacciones incómodas tuvo, nada grave de importancia, así que al final de ese período le hicieron un porrón de pruebas médicas para ver si había salido bien parado, todos los órganos le miraron, corazón, hígado, pulmón, riñones y no sé cuántas cosas más, parece que al final no era de tan mala calidad como yo creía y todas las pruebas dieron buenos resultados, bueno, dejábamos detrás una fase y ahora había que pasar a la otra, una cosa que le hicieron es la que llamaban «prueba de quimerismo», le sacaban sangre y analizaban los cromosomas para ver cuánta era suya y cuánta de su hermana la donante, a los tres meses todavía le quedaba un poco de la suya original, después le iban repitiendo la prueba cada mes y mi cuñada no tardó en hacerse con la totalidad, de eso yo estaba segura, porque buena es ella, que tiene una energía que no hay quien la pare, así que ahí tenía yo a mi marido que era medio hombre, medio mujer, peor podía haber sido, ¡algo bueno se le tendrá que pegar de nosotras! Esto de «medio mujer» le tiene obsesionado, dice que no entiende cómo es posible que haya cambiado de médula y de sangre, que dónde ha ido la suya que tenía antes, la del riñón se ve fácil por dónde se desaloja, pero qué me dices de la del cerebro, ¿cómo haces para vaciar cada venita que lo recorre y reemplazarla por otra nueva, sin que pierda oxígeno que entonces dicen que se mueren las neuronas? Yo le digo: «No lo entiendes ni tú ni nadie y deja de hacer esas preguntas al doctor cuando vamos a la consulta, que parece que quieres hacer un máster en medicina, eso ocurre y es así y hay que creérselo y esperar que todo vaya bien, no hace falta darle más vueltas, mira si no lo que es un embarazo, eso sí que es misterioso y no estamos las mujeres elucubrando una tesis doctoral cada vez que vamos a parir un hijo, lo tenemos y se acabó, que bastante guerra nos va a dar después como para andar comiéndote la cabeza con mil preguntas sin respuesta, la naturaleza es sabia, así que lo mejor es confiar en ella», y lo cierto es que los médicos que nos atendieron también eran muy sabios, que yo cada vez que recuerdo lo que le hicieron a mi marido y por lo que tuvimos que pasar me quedo pasmada, antes me quedaba embarazada cuatro veces que pasar por otra de estas, a él no se lo digo, porque si no se hace el engreído y el machito, que mucho medio mujer, pero cuando le sale la vena hombre le sale igual que siempre, ¡a ver si le luce un poco más esa parte femenina y por lo menos vivo con mi mejor amiga! Después de toda esta primera fase, que ya no sé ni como llamarla, porque los médicos la llamaban la primera, a mí me parecía que al menos íbamos por la tercera, la novedad es que tocaba empezar con el calendario de vacunación, se quedan como los bebés y pierden la memoria inmune de todas las vacunas que les pusieron de pequeños, así que les ponen todo lo imaginable: tétano, difteria, tosferina, polio, hepatitis, meningitis, herpes y sigue contando en pinchazos repartidos una vez al mes durante ocho meses, como un colador me lo van a dejar, aunque suene mal esto no es nada, ni se entera, si acaso alguna reacción incómoda después de una vacuna, nada que no se pase con un analgésico y una buena siesta, en eso sí que ha desarrollado plenamente su capacidad, ¡vaya siestas que se echa! Ya apuntaba maneras antes de la enfermedad, ahora duerme como un tronco después de comer y hay veces que pasa de las dos horas, los médicos le dicen que eso es bueno y ayuda a recuperarse, así que encima hay que felicitarle por buen convaleciente, bueno pues le felicitaremos que tampoco pasa nada, todo el día en casa vagueando y haciendo que escribe una novela, una novela dice, cuando parece más bien un torrente de despropósitos, que yo no sé si es novela o más bien quimera como a él le gusta decir, y en eso hay que hacerme caso, que mi maridito leer lee mucho, pero de escribir sabe más bien poco, bueno, escribir cosas de esas científicas que ninguno entiende sabe mucho, eso no cuenta de verdad, porque, total, como nadie las lee con un solo ojo se pueden componer con una sola mano, lo que se llama redactar una novela como tiene que ser, con sus personajes bien descritos, su trama misteriosa, su momento álgido, su momento amoroso... de eso no tiene ni idea, que también para eso hay que saber, no hay que creer que se nace sabiendo novelar, hay que practicar, hay que estudiar y hay que prepararse, y con la práctica va llegando el saber hacer y la pericia que no es sentarse y ya está, pones una novela como gallina que pone un huevo, hay que trabajárselo, aunque en eso sí que mi marido mete horas de dedicación sentado en su despacho delante del ordenador, tecleando, leyendo todo muy concentrado, igual es que está escribiendo una novela histórica de esas bien documentadas que te entretienen y a la vez aprendes y que gustan a todo el mundo, que hay que trabajarlas mucho, recopilar información, ir a los archivos, instruirse... no creo que mi marido escriba una de esas, este es de los que escribe lo primero que le pasa por la cabeza, como si a alguien le importase lo que piensa, yo creo que él está ahí dedicado y concentrado para que no le molesten y estar tranquilamente en su mundo, que, vamos a ver, yo también lo entiendo, las ha pasado canutas en el hospital, sometido a todas las torturas que le aplicaron y después le dan tiempo para recuperarse, pues, venga, a descansar y a estar sosegado haciendo lo que te apetece, tampoco pueden exigirte mucho más, que si duermes mucho, que si prefieres escribir, que a otros les gustará pintar, no le ha dado por la vena artística a mi marido, eso es ya lo que hubiese acabado conmigo, no quiero ni imaginarlo, el caballete todo sucio por ahí molestando, los óleos en cualquier sitio posados, el olor ese a aguarrás que no me gusta nada y las ínfulas de genio creativo cada vez que enseñase los cuadros, mejor que le haya dado por escribir, y si ha servido para lo que tenía que servir pues miel sobre hojuelas, que, como ya he dicho, lo importante es que le haya ayudado a sobreponerse, a mantenerle ocupado y a tomar fuerzas y conseguir lo principal, que es que el trasplante ya está arraigado definitivamente y la parte más dura ha quedado detrás, falta todavía un camino largo para recuperarse del todo, irá llegando, para eso ya estoy mentalizada y, además, como ahora se encarga de cuidar de la casa yo estoy encantada, me ha liberado mucho de toda la sobrecarga que he tenido desde que empezó este lío, la enfermera jefe deja de trabajar y se queda solo para dar órdenes, como tiene que ser, eso se lo agradezco, me ha permitido dedicarme a mis asuntos, que los tenía más bien abandonados, lo que no aguanto es que ahora me venga con este rollo de la bondad y de que lo importante es el amor a los demás, me pone de los nervios, vamos a ver, alma de cántaro, ¿tú cuándo has hecho mal a nadie? Lo que tienes que hacer es espabilarte un poco y dejar de darnos sermones como si hubieses vuelto del otro mundo, que te quedan dos días y hay que aprovecharlos, *carpe diem* y a tirar para adelante, es que se está poniendo imposible, que si soy una quimera, que si las enfermeras me tratan muy bien, que si solucionar el conflicto de Israel y Palestina, que si Cervantes, que si Cernuda... lo peor es que está empeñado en dar una donación para investigar en el cáncer, una donación económica de dinero como él dice, pues dámelo a mí que buena falta me hace, si llevamos en casa encerrados un montón de tiempo, ni cine ni restaurantes ni un mal viaje, lo del sexo ya he dicho que ha quedado para las películas, vamos a recuperar un poco de la buena vida y dejar de hacer la moral a la gente que no hay quien te aguante, unos buenos viajes, eso es lo que tenemos que hacer, ir a visitar todas las islas del Mediterráneo y una vez que conozcamos todas y no nos falte de visitar ni una sola, empezar con los países nórdicos, primero Islandia, que la gente dice que es una maravilla con volcanes, aguas termales, montañas, paisajes increíbles... recorrerla en una caravana los dos juntos parando donde más nos apetezca, encerrados en el calorcito, mientras dejamos que haya ventisca y caigan chuzos de punta fuera y cuando nos cansemos nos vamos a recorrer los países escandinavos, Noruega, Suecia y Finlandia, que Dinamarca ya lo conozco, en los otros tres no he estado nunca y tengo muchas ganas, nada de ir en invierno, tampoco soy tan valiente, un poquito de frío para aprovechar lo de acurrucarse, mejor esperar al principio de nuestro verano cuando empieza el calor en Madrid para irse al norte es lo mejor que hay, como todavía es primavera por esos países disfrutas una barbaridad y a la vez te escapas de los sudores veraniegos, que luego ya habrá tiempo para sufrirlos, es decir, que más que escaparte es que lo retrasas un poco que tampoco está nada mal, a mí es que el calor de las grandes ciudades me agota, en el campo es distinto, siempre hay un poco de aire que refresca o un árbol y una fuente, en la ciudad con el asfalto ardiendo, ¡no se puede aguantar! Lo de los fiordos es muy apetecible, unos paisajes de caerse de espaldas, es una expresión mejor «no caerse», porque hay unos acantilados impresionantes que es lo que lo hace tan hermoso, se ven muy bien en las series de televisión, te ponen una cámara aérea y desde arriba la dejan bajar que te quita el hipo, además siempre hace buen tiempo, no sé cómo se las arreglan, pero cuando ves las series parece que siempre hace sol, deben de estar años para filmarlas o si no es que están todos preparados y el día que hay sol salen como locos para filmar los exteriores, como los días son tan largos con unos pocos soleados en verano se han rodado la serie entera, es de los sitios donde me apuntaría a un crucero, porque en el Mediterráneo ni loca que hay muchísima gente y te dejan en las ciudades unas pocas horas para ver solo sitios de turistas y nada más, que ya me conozco cómo funciona eso, en mi Andalucía natal te llevan a visitar los monumentos que están rodeados de tiendas de recuerdos y de tonterías, solo para animarte a vaciar los bolsillos y una vez que ya has cumplido te montas otra vez en el crucero, ahora que entrar en barco en los fiordos tiene que valer la pena, sentirte pequeñita entre esos desniveles enormes y todo verde y feraz con pinos enormes colgados por las laderas hasta el mar, igual que los vikingos, eso me apetece y que con el frío al caer la tarde me sujete entre los brazos y me apriete a la luz esa desvaída que es tan romántica sintiendo mi cuerpo cerca del suyo y, olvidados ya de tanta enfermedad tanto cáncer y tanta moral barata, dejarnos llevar por las sensaciones y los sentimientos como cuando éramos jóvenes, percibir el calor del otro cuerpo cercano al tuyo y apreciar sus olores, su respiración, escuchar sus ruidos que transmiten vida, tocar con las manos cada uno de sus escurridos músculos para decirle: «Aquí estoy yo, que he estado contigo todo este tiempo, aguantando la que nos ha caído encima», y que él me diga: «Lo sé y te quiero y siempre te querré, no solo porque has estado conmigo durante toda la enfermedad, sino porque solo entiendo la vida junto a ti, y aunque sé que siempre haces lo que te da la gana, sigues siendo mi chica y mi compañera y estaremos unidos hasta el fin del mundo».

VIII

Epílogo

El solo hecho de escribir esta novela me ha ayudado a comprender mi reciente destino de quimera. No soy un monstruo horripilante, aunque siga teniendo algo de misterioso e inexplicable, me veo como alguien que ha recibido un nuevo cuerpo de prestado para poder disfrutar algunos años más de vida. Siento que debe de haber alguna razón para que haya renacido en este organismo combinación de dos somas diferentes, y si no la hay tengo la impresión de que dedicar mi vida a crearla es una buena forma de emplear mi tiempo.

Son muchos los argumentos que avalan mi búsqueda, ya que han sido muchas las circunstancias que se han dado para que tenga esta oportunidad renovada. Si hubiese padecido esta enfermedad hace veinte años, lo más probable es que no hubiese salido victorioso y sería ya pasto de gusanos y lombrices. No es que me asuste entrar a formar parte del ciclo de la materia orgánica del suelo, pero es seguro que su fruto probable hubiese sido más un círculo de setas que una novela.

El azar quiso que me detectasen la leucemia en un análisis de sangre rutinario a finales de junio, si no hubiese sido así habría acabado el año académico en julio y me habría ido de vacaciones cerca del mar, bálsamo engañoso que hace más llevaderos todos los males. No sé si hubiese llegado hasta el final del verano, en caso de haberlo hecho, probablemente me hubiese encontrado a mi vuelta en septiembre con una enfermedad más extendida, incontrolable.

El análisis de sangre me lo hicieron en el hospital que me correspondía a través de la Seguridad Social, el mismo en el que me ingresaron de urgencias y me sometieron a los tratamientos, desde el inicial hasta el trasplante. Por casualidad, es el hospital que tiene uno de los mejores equipos de hematología de España, especialistas en la enfermedad que he padecido me proporcionaron los cuidados necesarios de forma rápida y eficiente. Como profesor de Universidad soy funcionario del Estado, lo que me da la opción de elegir al inicio de cada año, durante el mes de enero, si deseo estar cubierto por un seguro médico privado o por el público. Llevaba más de una década en una mutua privada, porque me proporcionaba algunas comodidades en la atención primaria para pequeños problemas de salud; sin embargo, después de la pandemia de la COVID-19 decidí cambiarme a la Seguridad Social, en reconocimiento a la labor tan importante realizada por el servicio público de salud en situaciones tan difíciles. Si hubiese permanecido en la mutua, tanto el análisis como el ingreso para el tratamiento de la leucemia hubiesen sido en una clínica privada, quizá bien atendido, pero estoy seguro de que en manos de un equipo médico menos cualificado que el que me correspondió por el servicio público.

Otras casualidades se fueron encadenando. Solo surgieron imprevistos menores durante todo el proceso de quimioterapia y trasplante, infecciones o rechazos que pudieron controlarse. Gran suerte, que uno aprecia después de estar ingresado meses en una planta de oncología y de escuchar todo lo que ocurre. La plena compatibilidad de la médula de mi hermana menor con la mía está dentro del rango habitual de probabilidades, ya que al ser cinco hermanos, era de esperar que al menos uno de ellos fuese compatible. En cualquier caso, disponer de la opción de un trasplante de un familiar cercano, además completamente dispuesta a dar facilidades para que se llevase a cabo, aceleró el proceso y allanó mi recuperación, ya que los problemas de rechazo injerto contra huésped fueron escasos y llevaderos.

Es un conjunto de eventualidades, seguro que encontraría alguna más buscando con detalle, que todas sumadas resultaron en que no me había llegado el momento de abandonar este mundo. Sin menospreciar el azar, que rige el mundo en un aparente absurdo, resulta casi inevitable intentar buscar sentido a esta segunda ocasión que el albur me ha concedido. Hasta dónde me ha llevado ya lo he dicho, a convencerme de que debo contribuir con mi pequeño granito de arena a un humanismo vitalista que ayude a revalorizar nuestra existencia. El cómo queda todavía por explicar.

Si hubo una quimera de juventud que dejé apartada, por miedo o por vergüenza, fue la de dedicarme a la literatura. Leer ha sido siempre mi gran afición, expresar sentimientos y pensamientos a través de la palabra, mi asignatura pendiente. Quizá por eso, mi reacción ante las circunstancias de salud difíciles por las que me ha tocado pasar fue anotar lo que pasaba por mi cabeza en un cuaderno y trabajar después lo escrito para recrearme con lo que había apuntado. De ahí viene esta novela que, tras muchos años pendiente, ha tomado forma gracias a la enfermedad sufrida.

Confío en que no se enfaden conmigo por ser pretencioso y haberme atrevido a finalizar con un monólogo como el de la gibraltareña Molly en el «Ulises». Es un homenaje a una de mis novelas favoritas, gran quimera literaria, atemporal, que guio el siglo XX y que sigue planeando sobre el presente.

Sea también por el apoyo y el amor recibidos durante todo este tiempo por mi esposa, siempre a mi lado en los momentos difíciles. Sea por Joyce, por Cervantes o por Homero, por el descaro, por la libertad de escribir lo que a uno le dé la gana. Sea por la literatura, como maravillosa arma de creación que nos ayuda a plasmar una existencia imaginada para poder entender y asumir la dura realidad que nos asalta.

Por todos ellos y por todo lo dicho, aquí se despide esta disparatada quimera, brindando con un vaso de buen vino en román paladino.

Madrid, septiembre de 2024

Notas y citas

[1] Paul Diel (1952). Publicada en 1991 como *El simbolismo en la mitología griega* en la Editorial Labor, Barcelona.

[2] Robert Graves (1955). Publicada en 2012 como *Los mitos griegos* en la Editorial Arial, Barcelona.

[3] Luis Cernuda (1962). Publicada de nuevo en 1984 en el libro *Las nubes. Desolación de la Quimera*, Edición de Luis Antonio de Villena. Cátedra, Madrid.

[4] Gerard de Nerval (1854). Publicada en 2018 como *Las quimeras y otros poemas* en Visor Libros, Madrid.

[5] Referencia a un verso de *Desolación de la Quimera* de Cernuda (Nota 3).

[6] Referencia a la novela de Beryl Markham *West with the night* de 1942. Publicada en 2012 como *Al Oeste con la noche* en Libros del Asteroide, Barcelona.

[7] Global Observatory on Donation and Transplantation. https://www.transplant-observatory.org. Última consulta, enero 2025.

[8] Organización Nacional de Trasplantes. https://www.ont.es. Última consulta, enero 2025.

[9] Worldwide Network for Blood & Marrow Transplantation. https://www.wbmt.org. Última consulta, enero 2025.

[10] Paul Craddock. (2021). *Spare Parts. The Story of Medicine Through the History of Transplant Surgery.* St. Martin Press, NY, EE.UU.

[11] Fundación Josep Carreras contra la leucemia. https://fcarreras.org. Última consulta, enero 2025. Estas tasas de supervivencia están mejorando cada año, por lo que es de esperar que con el tiempo sean mucho mayores.

Agradecimientos

Mi más profundo agradecimiento a Cécile Thibaud y a Andrés Fernández Rubio, ambos periodistas y escritores, que fueron los primeros lectores de la novela. Me dieron buenos consejos para depurar el manuscrito inicial y ánimos para continuar hasta acabarlo.

Alicia de la Fuente y Conchi González llevaron a cabo una gran labor de corrección y aportaron excelentes sugerencias de estilo, gracias. Agradezco también la labor de la editora, Isabel Montes, porque sin ella la publicación de este libro no hubiese sido posible.

Gracias a Inés y Ana por leer la novela y opinar. Una ayuda más a su padre, que se suma a todo el cariño recibido durante la enfermedad.

Gracias también a mis hermanos y hermanas, que han sabido estar apoyando cuando se les necesitaba.

Muchas gracias por leer a los nuevos talentos literarios.
Espero que hayas disfrutado de la lectura.

Te invito a visitar nuestras Librerías donde tendrás
un 15 % de descuento en tu próxima compra.
Solo tienes que poner la palabra lector en el apartado cupón y
aplicarlo.

Si prefieres leer en el apartado digital, te puedes descargar nuestra
App Gratuita Angels Fortune Book, donde además podrás leer gratis
nuestra revista literaria.

Si lo deseas, también puedes seguirnos en nuestras redes sociales.

Isabel Montes
Escritora y Editora fundadora
Grupo Editorial Angels Fortune